唐永富◎著

人生没有躺赢，只有想赢

想赢

南方出版社

·海口·

图书在版编目（CIP）数据

想赢：人生没有躺赢，只有想赢 / 唐永富著 .

海口：南方出版社 , 2025. 4. -- ISBN 978-7-5501

-9684-1

Ⅰ . I247.81

中国国家版本馆 CIP 数据核字第 20252HS624 号

想赢 ：人生没有躺赢，只有想赢
Xiangying：Rensheng Meiyou Tangying，Zhiyou Xiangying

唐永富　著

责任编辑：孟祥帅
出版发行：南方出版社
社　　　址：海南省海口市和平大道 70 号
邮政编码：570208
电　　话：（0898）66160822
传　　真：（0898）66160830
印　　刷：三河市九洲财鑫印刷有限公司
开　　本：710mm×1000mm 1/16
印　　张：14
字　　数：140 千字
版　　次：2025 年 4 月第 1 版
印　　次：2025 年 4 月第 1 次印刷
定　　价：52.00 元

习得五字诀，成为大赢家

一个"赢"字，书写难，想要做到，更难。

将"赢"字拆分，才知道它难在哪里。汉字中少有像它那般一个字可以拆成五个字：亡、口、月、贝、凡。

祖先创造汉字的智慧不得不让我们佩服，就是这五个简简单单的字，构成了"赢"的全部哲学。

"亡"即灭亡，它警示我们，想赢，必须有强烈的危机意识。"生于忧患，死于安乐"，孟子的金句在几千年输赢更迭的历史长河中一次次得到印证。个人也好，王朝也罢，做不到居安思危，最后就会输得很惨。现实生活里，很多人只是羡慕赢家光彩照人的一面，却并不了解他们常伴内心的忧患意识。一个落魄的人卧薪尝胆触底反弹并不难，难的是一个已经成功的人如何做到不躺平。所以，心中藏危机，天时自有数。

"口"即交谈，它提醒我们，想赢，必须懂得说话的学问。成功离不开人和，我们只有通过社交才能开拓和积累人脉。战国时以张仪为代表的纵横家凭借一张嘴到处游说，纵横捭阖定乾坤。当然，赢家的话术不是说相声，也不是脱口秀，随便几句插科打诨就可成功，必须腹中有货，心中有数，善辨时局和洞察人性。

"月"即时间，它启示我们，想赢，就要成为一个时间管理大师。世界上没有任何成功可以不受时间的约束。唐朝的书法家颜真卿说得好："三更灯火五更鸡，正是男儿读书时。黑发不知勤学早，白首方悔读书迟！"所以闻鸡起舞的祖逖才能成为一代名将，凿壁偷光的匡衡才能流芳百世。当然，要想成为一个人生赢家，仅仅懂得"一寸光阴一寸金，寸金难买寸光阴"，即时间的宝贵性，是远远不够的，还要学会如何利用和管理时间。同时，重诺守时也是君子的一种美德。

"贝"即财富，它鞭策我们，想赢，就要在面对名利时不忘初心，坚守人性、道德和法律的底线。人们都知道"君子爱财，取之有道"，但从古到今却有太多角逐名利的野心家不重道而毁于道，无视义而亡于义。但是，仍有类似范蠡、王阳明这样有情有义的名商大儒们，因为恪守道义而名利双收。

"凡"即平凡，它引导我们，想赢，就要有一颗云淡风轻、荣辱不惊、从容不迫的平常心。人非万能的神，起起落落才是人生。"胜不骄，败不馁"，无论成功，还是失败，都能保持淡定。这一点要学习曹操，赤壁一把火可以烧掉他八十万大军的家底，却烧不尽他观沧海的那颗雄心。学习谢安，哪怕四十岁才做官，仍是风流人物。学习张良、刘伯温，登临人生巅峰却懂得急流勇退。

五字归一即为赢。所以，不是你付出全部努力就能赢，我们必须学习从古至今大赢家的成功经验，悟透赢的"五字"真谛并不断用于实践，才能赢得生活，赢得事业，赢得人生。

目　录

想赢:人生没有躺赢,只有想赢

第一诀

『亡』字诀

心中藏危机，天时自有数

世间危机千千万万，乱花渐欲迷人眼。人的一生中危机无处不在，不同的危机带来的感知不尽相同。"山雨欲来风满楼"的危机很容易发现，"高处不胜寒"的危机令人麻痹；"福兮祸所伏，祸兮福所倚"的危机令人难以捉摸，"黄雀伺蝉"的危机毫无征兆却让你身陷绝境。唐朝冯道诗云："莫为危时便怆神，前程往往有期因。"任何危机都有迹可循。"人间著脚尽危机，睡觉方知梦境非"，所以，发现危机和摆脱危机的最好方法，就是对危机常怀敬畏之心，锻造一颗具有忧患意识的强大内心。

魏绛为何取消晋悼公的音乐会

居安思危，出自春秋时期左丘明的《左传·襄公十一年》，指"即使处在安定的环境中，也要想到可能产生的危难和祸害"。一个真正的赢家，无论多么成功，都不会高枕无忧，而是对忧患随时保持清醒的认知。

世界上最早明确使用"居安思危"概念的这个男人叫魏绛。

春秋时期，晋国上卿赵盾遭受大将军屠岸贾诬陷，一家三百多人被杀，仅余幼子赵武侥幸逃过一劫，被赵盾的门客程婴救走，抚养成人。二十年后，戍边大将军魏绛回朝休年假，从程婴那里得知赵氏孤儿的悲惨往事，内心受到极大的冲击，决定帮赵家沉冤昭雪。他与程婴定计摆了一道"鸿门宴"，邀请屠岸贾到程婴家喝酒。正当屠岸贾喝高之际，赵武突然出现，手刃仇人，终于报了灭门之仇。

这段魏绛暗助赵氏孤儿复仇的往事，彰显了他捍卫公义、快意恩仇的个性，但真正让魏绛青史留名的却是他"居安思危"的治国思想。他满腔忧患意识换来的不仅是个人事业的成功，还帮助晋国进一步巩固了春秋霸主的宝座。

魏绛的老板晋悼公是一个不好伺候的霸道总裁。晋悼公命好，继承了曾祖晋襄公和叔叔晋厉公的丰厚遗产，刚上位就是春秋霸主，内心变得十分膨胀。为了恐吓诸侯，宣示霸道总裁的江湖地位，他便在鸡泽搞了一场声势浩大的军演。这时的魏绛还没入老板的法眼，只是军中一名普通的执法官。换成今天的家族式集团企业，他充其量就是一个负责考勤和监督执行公司制度的行政经理，职位不高，却最容易得罪同事。

军演开始前的仪仗队表演，晋悼公的弟弟杨干坐镇中军，亲自指挥。突然，马群受惊，仪仗队顿时一片混乱。魏绛全然不给总裁弟弟面子，当场便把杨干手下一个负责仪仗队秩序的下属按军法处置了。我们都知道春秋以来有"刑不上大夫"的潜规则，虽然掉脑袋的不是杨干本人，但"打狗还要看主人"，魏绛无疑是当着晋国权贵和四方诸侯的面狠狠打了杨干的脸。恃宠而骄的杨干马上跑到晋悼公那里又哭又闹地告状。晋悼公觉得魏绛打的是自己的脸，愤怒的他立即下令要砍魏绛的脑袋。

作为晋悼公这个庞大家族企业中一个普通的中层管理者，如果是其他人，对老板弟弟犯的这点错，睁一只眼闭一只眼就是了，何必多管闲事、自讨没趣？但魏绛忧虑的是，如果员工违反规章制度，却因为背后有人撑腰而不受处罚，这个企业就算当下实力超群，也很难成为百年企业。所以他毫不犹豫地严格执行管理制度。同时，他也意识到这件事很可能给自己带来杀头之祸，去见老板之前已经想好一番为自己开脱的说辞。

还好，有一个和魏绛私交很好的同事——羊舌赤帮他求情说话。这位同事劝老板冷静冷静，说像魏绛这样踏实稳重的员工，做出如此出格的事情一定有苦衷。晋悼公虽然很飘，但头脑还是比较清醒。他让魏绛在办公室外面等候处理结果，自己先看了一遍魏绛交上来的检讨书。正是这份用情深切、字字皆为肺腑之言的检讨书，让晋悼公马上意识到自己的错误。上面写着："老板明鉴，若是严格执行公司制度，您的弟弟也是死罪。我作为行政经理，只是照章办事，杀了他的下属也不过是履行职责而已。如果老板您觉得面子比军法更重要，一定要我徇私枉法，那我就只有自杀谢罪了。"晋悼公看完检讨书，马上从沙发上站起来，连鞋都没有顾得上穿便跑到外面，看到魏绛跪在地上，握着剑摆出一副抹脖子自杀的架势。晋悼公急忙亲自扶起魏绛，当着在场集团高管的面给魏绛道歉："是我错了，原谅我吧！我太注重兄弟感情，而你是在严格执法。我没有把弟弟管好已经是违反了企业制度，如果您死了，岂不是让我这个老板罪加一等吗？"

军演胜利结束后，晋悼公专门请魏绛吃饭，两人聊得十分投机。晋悼公给他升职加薪，让他位列六卿之一。魏绛从此成为晋悼公的集团高管受到重用。他原本只是晋悼公集团一个普通的中层管理者，地位虽然卑微，却远比其他高管见识卓远。因为在诸侯会盟这样重要的场合举行军演，如果有人违反军纪，领导却置若罔闻，肯定有损晋国春秋霸主的国威，更会给人造成军纪松弛的印象，难以服众。同时他也预料到自己照章办事一定会给自己带来杀身之祸，所以，在执法那一刻已经想好了如何自救的策略。就这点而言，他远比职场里很多做事古板严苛，只懂得照章办事却不给自己和他人留有余地的管理者聪明很多。

魏绛"居安思危"的治国雄略，很快就在他提出并实施的和戎之策中实现了高收益。当时晋国和北方的少数民族关系很不友好。一开始，霸道总裁晋悼公想以武力征服这些少数民族，战争冲突不断。但这种劳民伤财的强硬策略并没有收到任何效果，反而让边患问题更加突出。晋悼公继位四年之后，魏绛审时度势地提出了"以和为贵"解决边患问题的策略。他详细向老板展示了自己亲手制作的"PPT策划方案"，归纳起来就是和戎的五大好处：第一，我们可以利用这些游牧民族不喜欢种地，只喜欢做生意的习俗发展对戎狄的边关贸易，扩大集团的外贸业务。第二，我们和这些少数民族和睦相处，没有战争，老百姓才能安居乐业，把我们的农业生产搞得更好。第三，让这些少数民族归顺集团，能够威慑周边其他国家，进一步巩固我们晋国的霸主地位。第四，不打仗了，不但军队能得以休整，还不用消耗军备物资，可以保存我们集团的实力。第五，历史经验告诉我们，以德服人、不战而屈人之兵才是让天下长治久安的最好选择。

魏绛做出的这个和戎策划案，有理有据，见解深刻，将他"居安思危"的忧患意识体现得淋漓尽致。晋悼公被深深地打动了，全部采纳，立即实施。在和戎政策实施后的短短八年时间里，晋国就与戎狄实现了其乐融融的和谐局面。免去后顾之忧的晋国终于可以集中全力向南扩张霸业，很多小诸侯国纷纷投靠晋国这个大哥。魏绛又建议老板将晋军一分为三，与楚军展开车轮战。当时郑国就像墙头草一样在晋楚之间摇摆，晋国便联合齐、鲁、宋、吴等小弟三次讨伐郑国，终于让郑国彻底归附了晋国。这时晋国国力更是达到唯我独尊的地步，魏绛自然也登上人生巅峰。

郑国归附晋国时，为了讨好晋悼公，特地送来了一大批礼物，其中就包括三位音乐家、十六名年轻貌美的歌女以及钟磬等名贵的乐器。晋悼公内心乐开了花，便打算将这些礼物分一半给魏绛，以奖励他为集团做出的不世之功。晋悼公计划举办一场隆重的音乐会，彰显繁荣昌盛的太平盛世。他对魏绛说道："晋国能成为诸侯老大，都是你主张不动刀兵与戎族和好的结果。八年来，我们九次联合诸侯，事情进展得就像音乐一样美妙和谐。现在郑国归附，还送了这么多礼物和歌女，我想与先生一起欣赏。"

但这个时候，人生大赢家魏绛却没有像老板一样飘飘然，他的头脑甚至比往常更冷静。面对老板对自己的赞赏，魏绛有了功高震主的忧虑，不敢居功自傲，谦虚地谢绝了老板邀请他共赏音乐会的美意。他对霸道总裁说道："戎狄和晋国交好，是老板领导有方，也是我们晋国的福气。过去八年，我们九次联合诸侯，让四方来朝，也是老板太有魅力了。我作为一个打工的，只是尽到臣子的本分，不敢贪功。"

为了让晋悼公尽快从人生大赢家的骄傲情绪中清醒，魏绛又给老板详细分析了当时的形势。魏绛说道："虽然现在晋国实现霸业，但您作为老板，在享受霸道总裁这个身份带来的快乐时，也要想到这种快乐终有结束的一天。"那么，一个人成为大赢家时，快乐究竟是什么呢？相信很多人都会有这种困惑。而魏绛理解的快乐是这样的，他引用《诗经》中的诗句"乐只君子，殿天子之邦。乐只君子，万福攸同。平平左右，亦是率从"来劝诫老板："现在您作为众诸侯心目中的大哥，应该以匡扶天下为己任，要和其他小弟共享福禄，把周边的小国治理好，让他们真心臣服，这才是君子应该有的快乐，也是作为一个大赢家应该追求的快乐。郑国献上的这些乐器和歌女，应该用来巩固我们的意志，而不是用来麻痹我们的思想。"

听君一席话，胜读十年书。晋悼公很快冷静下来，问魏绛如何才能让快乐一直保持下去而不是走向终点。魏绛趁热打铁，耐心地解释："居安思危，思则有备，有备无患，敢以此规。"正是魏绛的这句话，诞生了"居安思危"这个赢家的人生准则。魏绛这是告诫老板，在享受安定太平的快乐时，一定要想到战争的危险，不要被胜利冲昏了头脑，要思则有备，常备不懈，如此才能让国家免遭祸患，长治久安，才能让赢家的快乐一直保持下去。

晋悼公深感魏绛的话有道理，下令取消了这场用来庆功的音乐会。魏绛提倡的"居安思危"的赢家心态，后来被很多成功人士认可和践行。它也时刻警示着已经成功和正前行在成功路上的我们，这个世界没有不变的输赢，只有不断发生的风险和危机。人无远虑，必有近忧，未雨绸缪永远比亡羊补牢更值得我们选择。

商圣范蠡的人生"四思"

一个人在没有取得成功时，必须顺水推舟、激流勇进，甚至是逆水而行，这是人生打拼的必经之路。但倘若你的人生已经达到一种"高处不胜寒"的境地，此时就应该考虑给自己留下后退的余地了。所谓物极必反，"木秀于林风必摧之"，身居高位还让自己一马当先，难舍功名，不思功成身退，很容易遭有心人算计和迫害，这就是商圣范蠡急流勇退的人生智慧。

公元前 473 年，越国宫廷内，一场盛大的庆功宴正在一片欢声笑语中进行着。越国集团的老板勾践灭掉吴国班师回朝没有几天，这次庆功宴就是专门为勾践老板接风洗尘的。此时，辅佐越国三十八年，曾陪伴勾践老板去吴国做了三年人质，受尽屈辱的范蠡同样迎来人生最高光的时刻，被封为上将军。

酒席间，勾践老板和众高管把盏言欢，其乐融融。越国的网红歌手还专门创作了一首《伐吴》的神曲，歌曲对范蠡和他的挚友——三十八年前一同从楚国来越国创业的文种的功劳大加赞赏。众高管纷纷举起酒杯祝贺范蠡和文种成为老板的左膀右臂。此时的文种已有三分醉态，有点得意忘形。面容平静的范蠡敏锐地捕捉到了一个细节，老板在听这首神曲时，脸上始终没有一丝笑意。

这个细节让范蠡放下酒杯，后背不停地冒冷汗。他面前这位自己辅佐将近四十年的老板，为了灭吴兴越，曾经听了自己的建议，卧薪尝胆、忍辱负重多年。如今，老板虽然得偿所愿，得到了想要的霸业，但他狭小的气量和猜疑、嫉妒的本性已经显露出来了。范蠡已然明白，这样的老板可以和你共患难，根本不可能同富贵。范蠡不想让自己成为那只刚刚捕捉到狡兔就被卖到狗肉店的猎狗。

几天后，穿着一身粗布衣服的范蠡亲自向勾践递交了辞职信。勾践故意做出震惊和不舍的样子，甚至威胁他："你如果收回辞职信，我愿意和你共享越国。如果你一意孤行，我会杀了你全家。"已经看透宦海沉浮、世态炎凉的范蠡才不会相信老板"共享越国"的鬼话，他假装答应了勾践的挽留，当晚便和家人携带金银细软，搭乘一艘小船逃离了这个让他倾注毕生心血，也成就他不朽功名的国家。范蠡伫立在船尾，江风习习，波涛轻唱，他凝望着夜空中高悬的一轮明月，心中顿时觉得无比释然和轻松。

范蠡和家人渡三江涉五湖，一番辗转后来到了齐国。刚刚安顿好家人之后，他就给文种写了一封信快递到越国，劝好兄弟早点离开越国。他在信中说："老板这个人很小气，他创业的时候可以和你一起吃油条、喝豆浆，但现在他已经成为霸道总裁了，是不可能和你一起享受山珍海味的。"此时的文种还沉溺在声色犬马之中，被好友的这番劝告惊醒。但他又舍不得自己的豪宅和财富，无法效仿范蠡一走了之，于是便想了一个折中的办法，去医院开了一份严重"三高"的体检报告，躲在家里休病假。勾践知道此事，便托人给文种带去一份礼物，就是当初夫差赐死伍子胥的那把宝剑。看到这把宝剑，文种明白了老板的用意，但此时后悔已经晚了，他只能用这把宝剑自刎了。

得知好兄弟的死讯之后，范蠡悲痛欲绝，面对越国的方向洒了三杯酒，表达对文种的哀思。往事如风，历历在目。他想起少年时的自己，想起当初和文种成为知己，共同到越国创业继而改变命运的经过，顿时泣不成声，泪流满面。

在范蠡很小的时候，他的父母就生病去世了，少年时代的范蠡过着饥一顿饱一顿的日子。好在他天资聪颖、勤奋努力，年纪轻轻就已经文武双全满腹经纶。也正是这段苦难的童年经历，让范蠡早早就比别人多了一份忧患意识。当时的楚国朝政腐败，时局动荡，没有拼爹的资本是不能入仕做官的。范蠡虽然拥有一身济世才华，却没有人愿意推荐他。但范蠡没有自暴自弃，而是寄情山水，寻找出人头地的良机。

没过多久，范蠡认识了同样怀才不遇的文种，两人一见如故，成为好朋友。一天，两人喝了几杯老白干，相互发起了牢骚。文种苦闷地说："我是一只小小鸟，想要飞却怎么也飞不高。"范蠡望着好兄弟，十分严肃地问道："请你告诉我，你这只鸟打算飞多远，是一百里、一千里，还是飞到万里之外？"文种凄然一笑，说道："你看看我们周围百里之内的地方，早就被蛀虫啃食得渣都不剩了！"范蠡激动地握着他的手，说道："我总算没有看错人，你不是一只麻雀，而是一只鹏程万里的雄鹰！"

范蠡趁着酒兴，向好兄弟说出自己准备离开楚国去越国打拼的计划。从小在忧患环境下长大的范蠡，拥有着超出常人的远见。他从怀里拿出一张地图，对文种分析起楚国、吴国和越国的局势。当时楚国和越国还是盟友，到越国去发展就是变相地报效国家。这时的范蠡虽然一无所有，却对天下大事了如指掌，能够审时度势，懂得如何顺势而为。就这样，兄弟二人满怀期待地开始了越国的冒险之旅。

当时的越国正处于创业初期，实力孱弱，老板还是勾践的父亲允常。允常非常器重这两个远道而来，没有任何背景却满腹经纶的年轻人，任命他们做上大夫。允常死后，年轻气盛的勾践刚上位就想施展拳脚，干出一番功业，以证明自己没有拼爹啃老。公元前493年，勾践听说吴王夫差每天都在搞军演，准备攻打越国，决定先发制人，出兵伐吴。这时的范蠡嗅到了一丝危险的气息，便苦苦劝诫老板："我们现在还在创业期，必须励精图治，发展国力，而不是逞匹夫之勇，主动挑起战争。"但勾践根本听不进范蠡的劝告，执意带兵攻打吴国。结果真的应验了范蠡的担忧，勾践老板被吴老板打得屁滚尿流，兵败会稽山。第一次投资便赔得血本无归，勾践非常后悔没有听范蠡的规劝，这才真正开始重用范蠡。

占了便宜的夫差得寸进尺，邀请勾践老板到吴国总裁班镀金三年。勾践明白夫差是故意羞辱自己，问范蠡该怎么办。

范蠡回答："小不忍则乱大谋，现在我们惹不起夫差，只能假装投降麻痹他。我愿意陪老板一起到吴国镀金。"后来的故事，大家都已经耳熟能详了。范蠡陪勾践在吴国给夫差做了三年仆人。君臣二人受尽屈辱回国后，勾践老板终于变得成熟稳重，有了强烈的忧患意识，每天苦身焦思、卧薪尝胆。这时，对内范蠡辅佐勾践老板施行仁政，发展国力；对外，勾践老板不停地给夫差赠送美女财宝，让夫差深信勾践老板对他是真心实意地臣服了。如日中天的夫差很快陷入了高枕无忧的幻觉，每天过着声色犬马的生活，根本看不到勾践老板已经朝他张开了复仇的獠牙，最终落得了一个亡国自杀的悲惨下场。

来到齐国后，范蠡谢绝了齐王拜他为相的邀请，化名鸱夷子皮，与家人在齐国的海边隐姓埋名，做起了海盐生意，开启了他成为一代商圣的另一段传奇人生。从小过惯了苦日子的范蠡艰苦创业，将经商的天赋展现得淋漓尽致。很快，他就成了富可敌国的巨贾。但此时的范蠡早已对功名和钱财看得云淡风轻了。他深知钱财乃身外之物，钱太多同样会给自己带来灾祸。于是，才有了后来范蠡三次经商成为首富，三次为了救济贫民散尽钱财的经历。无论是从政还是经商，范蠡都在人生最巅峰时选择了急流勇退。淡泊名利的范蠡，晚年时，每天遨游山水，直到八十八岁高龄才去世。月满则亏，物盛则衰，范蠡用一生践行的忧患意识得出的"思远""思危""思变""思退"，已经成为人生赢家必须学习和懂得的人生智慧。

李世民如何将历史书读成一面镜子

危机无处不在，但当局者迷旁观者清，有时专注做一件事时不一定能意识到危机的存在。这时前车之鉴就如同一盏明灯，指引我们提前感知危机和规避风险。这就是唐太宗李世民"以史为镜"的治国智慧。

公元 643 年 2 月，大唐都城长安的上空还笼罩着一层凛冽的冷空气，大唐李氏集团高管魏徵的追悼会在一片沉痛悲伤的氛围中进行着。担任知宾的官员声情并茂地朗诵老板李世民亲自为魏徵写的悼词："以铜为镜，可以正衣冠；以古为镜，可以知兴替；以人为镜，可以明得失……今魏徵殂逝，遂亡一镜矣！"李老板这篇悼词字字如丧考妣，表达了他对失去魏徵的悲痛之情，让参加追悼会的同事们听了哭得稀里哗啦。

直男魏徵生前经常顶撞老板，让李世民对他爱恨交加，欲罢不能。也正是魏徵的"知而即谏"，让李世民时常反思自己的言行，居安思危，戒奢以俭，养成了阅读历史书的好习惯，在前人的兴衰荣辱中学习成功经验，摆脱潜藏的危机。有一天，李世民与他的CEO（首席执行官）房玄龄喝下午茶时感慨道："我每次翻开前朝的历史书，都能从中发现彰显美好和阐述丑恶的道理，这些都可以用来警示未来。一个皇帝如果不了解从古至今的历史和当下的国情，就只有以身作则，亲自阅读了。"

李世民年轻时跟着父亲李渊在马背上创业，很少有闲工夫读书，推崇用武功定天下。在成为皇二代之后，李世民才渐渐感到书念少了，肚里的墨水根本不够用。李世民知人善任，李氏集团人才济济，荟萃了魏徵、房玄龄、杜如晦、李靖这些超级大腕。这些大腕都是爱学习，喜欢读书的人，在他们的熏陶下，李世民也狂热地爱上了读书，就算日理万机，也不忘"遂因暇日，详观典府，考龟文于羲载，辨鸟册于轩年"。

李世民迷上历史书，绝非做做样子、故弄风雅那么简单。他亲身经历了上一个独角兽家族集团隋朝杨氏的破产过程。同为皇二代的隋炀帝杨广继承的家底非常坚实。当时隋朝刚刚统一天下，国富民强，国库里储备的粮食可以供全国的老百姓吃五十年。可杨广这个败家子继承父业不到十三年就把杨氏集团败光了。这让李世民非常震惊，甚至觉得不可思议。他现在是李氏集团的皇二代，不想步杨广的后尘，所以杨广在他心里留下的阴影非常重。但与其说是阴影，不如说是担心唐朝快速灭亡的危机感。每次失眠后，他就会对魏徵和其他高管说："我从历史书上发现，以前的王朝帝位有传十多代的，也有传一两代就结束了，每个帝王身上都有得失，所以我才经常这样忧虑。"

李世民是一个非常聪明务实的老板，他学习历史首先研究的就是隋朝短短三十八年的这段兴衰史。他经常召集高管们一起开会讨论隋朝快速破产的原因，给集团各部门负责人敲警钟。很多人觉得杨广他爹是一个具有开国之功的好皇帝，只是运气不好遇到一个败家儿子。但李世民不这么认为。在他看来，杨坚通过欺侮北周朝的孤儿寡母发迹，创立了隋朝，因此害怕自己的下属和天下人不服，慢慢就变成了一个多疑和擅长耍心机的腹黑老板。因此，他事事都要独断专行，听不进下属的意见。只有一个杨素获得了他的信任，偏偏这个杨素又是一个职场老油条。杨坚轻信杨素的谗言，杀了很多功臣，导致很多人才都流失了，这些都为杨氏集团的破产埋下了隐患。

李世民学习历史的高明之处在于，不但能以史为镜，还能做到以古为师。在学习古代帝王成功的治国之道时，他也不墨守成规，而是坚持与时俱进的拿来主义。他最推崇的皇帝就是实施"无为而治"的汉文帝。有一段时间，李世民每次做重大决策时，都会用汉文帝的言行作为参照，换位思考如果是汉文帝会如何抉择。为了避免自己像隋文帝那样刚愎自用，李世民广开言路，欢迎下属进谏。哪怕像魏徵这样的直男，经常弄得他下不来台，他也没有责备。

有一天，魏徵这个直肠子一点都不给李世民这个老板面子，李世民实在受不了了，就去找大舅子长孙无忌诉苦："魏徵这小子每次给我提意见，只要我不采纳，他就不依不饶，大舅哥你说该怎么办呢？"长孙无忌正准备回答，魏徵刚好也来找长孙无忌，听到了老板在背后说自己的坏话，马上毫不客气地回击道："老板你做事不对，我才给您提意见。如果您不接受而我又顺从了您，这不是违背了您广开言路的初衷吗？"李世民冷哼道："你小子就不能考虑考虑我的感受吗？有些意见你就不能等到董事会结束后单独找我喝茶再提吗？"魏徵冷静地辩解道："以前有一个叫舜的大老板总是告诫他的下属，'你们千万不能表面顺从我，背后又对我说三道四，这是阳奉阴违的行为！'所以对于老板您的观点，我不敢苟同！"一席话批驳得李世民哑口无言。

试想，如果魏徵遇到的是隋文帝和隋炀帝那种非常小气，疑心病重，独断专行的老板，他还敢如此毫无顾忌地和老板说话吗？如果是那样，恐怕历史上就少了魏徵这个著名的直言谏臣。正是因为李世民和他的下属们对自己的事业充满了深深的危机感，愿意把历史当成一面铜镜，学问才会愈加高深，心灵才会得到净化，品德才会变得更高尚，才能从前朝的经验中找到今天的治国安邦之道。

在李世民带领下，贞观年间的学者们还掀起了前所未有的修史热潮。李世民专门成立了国史馆，重金聘请了大批专家学者共同修编史书，由 CEO 房玄龄亲自牵头。一共修成了八部前朝正史，分别是《北齐书》《周书》《梁书》《陈书》《隋书》《晋书》《南史》《北史》。这八部史书除了《南史》《北史》是由大唐的历史学术带头人李延寿父子自己出钱编撰，其余六部都是由李老板出资官修的。

魏徵曾在给老板的一份年度工作报告中引用《荀子·哀

公》的经典名言来敲打李世民："水能载舟亦能覆舟！"李世民心中常有"不做覆舟"的危机感，以史为镜，修出一个不一般的自己，修出了大唐初期贞观之治的盛世。而他那句"以铜为镜，可以正衣冠；以古为镜，可以知兴替；以人为镜，可以明得失"的经典语录，更是成为后世公认的赢家法则之一。

喜欢做皇帝耳边乌鸦的李沆

在民间流传着一种说法："喜鹊报喜，乌鸦报丧！"只要听到乌鸦啼叫，一定会有不好的事情发生。这种说法虽然缺乏科学依据，却反映了大多数人喜欢报喜不报忧的心态。但在生活中，只有经常去关注不好的东西，做事时尽量把结果想得坏一些，才能更好地避免有可能出现的危机。

公元 1005 年 1 月，在一个叫澶渊的地方，一场对宋朝赵氏集团产生深远影响的停战协议正式签订。根据这份盟约，宋辽两国结为兄弟之国，赵氏集团每年送给辽国岁银十万两，绢二十万匹，双方在边境设立自由贸易区，开通两国的商贸往来。随着这份对宋朝来说有些丧权辱国的不平等条约签订，宋辽两国结束了长达二十五年的战争。此后百年，宋辽两国都没有出现过大的军事冲突。

这份看似双赢的停战协议，实则为宋朝赵氏集团的破产埋下了很大的隐患。一方面宋朝实际上放弃了幽云十六州的大片国土，另一方面北宋王朝习惯了用金银和绢布来换取边境和平的做法，让宋朝显得软弱可欺。这以后宋朝更加重文轻武，军备松懈，不再像太宗朝之前那样居安思危了。没有了边患威胁的北宋第三位皇帝宋真宗赵恒开始贪图享乐，日渐骄奢。为了追求长生不老的养生术，他大兴道教，大规模地建造道观和宫殿。他还效仿秦始皇泰山封禅，学习汉武帝到汾阴祭神。

赵恒一系列荒诞不经的做法，让一个叫王旦的集团高管看在眼里痛在心里，但忠厚老实的他又不敢公开反对老板的做法，他只有深深地感慨："唉，要是李沆还活着，老板一定不敢这样胡作非为。老板今天的堕落，李沆七年前就已经开始担忧了，他真是一个圣人啊！"

王旦碎碎念的李沆就是宋真宗赵恒的老师，北宋初期有着"圣相"美誉的宰相。李沆的祖上都是做官的，父亲李炳曾经被赵氏集团的创始人赵匡胤封为侍御史。所以李沆的命非常好，是一个标准的官二代。但他并没有像其他官二代那样游手好闲，从小便喜欢读书，器度宏远，十岁就知晓五经大义了。李沆也因此成了父亲的骄傲。提起这个宝贝儿子，李炳一点都不谦虚，说道："我这个儿子将来一定能成为公辅之才。"

公元 980 年，李沆在父亲去世五年之后，便与王旦、寇准一起高中进士甲科，此后更是得到北宋第二任皇帝宋太宗赵光义的重用。公元 995 年，赵光义立三儿子赵恒为接班人，专门安排李沆做赵恒的老师，要求赵恒待李沆以师父之礼。

面对这个未来的掌门人，李沆对赵恒充满了期望，但要想培养出一个优秀的接班人谈何容易？李沆深知自己肩上的担子很重。赵恒年少，一出生就含着金汤勺，不懂创业难守业更难的道理，对民间疾苦更是知之甚少。因此，李沆决定首先培养赵恒的忧患意识，让这个未来的掌门人懂得居安思危。

赵恒顺利接班之后，李沆俨然变成了他身边的一只聒噪的乌鸦。当时许多高管在新老板赵恒面前都是报喜不报忧，只有李沆反其道而行之，经常给老板打报告，比如某某地方发洪水了，某某地方又遭遇干旱了，某某地方又出现了盗贼，每天汇报的都是这些负面新闻。弄得连与李沆私交很好的王旦都看不下去了，劝道："我的李兄，你天天都给老板传播这些负面新闻，就不担心影响老板的心情，让他烦你吗？"李沆严肃地解释道："你懂什么？老板还很年轻，理应知道每个地方的艰难。要不然精力过剩的他就会追求享乐了。"王旦不以为然。没想到李沆去世不到一年，他对老板的担忧就成了事实。这也让王旦不得不感叹他的远见，尊他为"圣相"。

不过在李沆的教导下，当时的少掌门赵恒还是懂得居安思危的。他已经对李沆这只乌鸦聒噪的那些"破事儿"形成了条件反射，每天愁眉苦脸的就像患了抑郁症。时不时就反思一下，认为是自己治国的方式不对，所以上天才会降下惩罚，让天下动荡不安。虽然李沆反映的这些事情都是真的，但当时的赵氏集团还属于朝阳产业，正处于蒸蒸日上的阶段，情况远没有赵恒所想的那般糟糕。李沆通过做乌鸦成功培养了老板的忧患意识，让老板在管理集团事务时丝毫不敢懈怠。

第一诀 「亡」字诀

很多高管都喜欢悄悄给赵恒递交加了密的报告。这种密启制度从武则天做了女皇帝之后就开始盛行了，也成了历代皇帝玩弄权谋制衡下属的一种手段。以为这样就可以让下属相互猜忌，避免出现朋党的现象。李沆作为皇帝的老师，深受赵恒尊敬和倚重，但李沆却从不给皇帝发加密文件。这让赵恒很不解，便问他个中缘由。李沆耐心地回答："我作为老板的老师和集团的CEO，既然有公事就应该公开陈述，何必搞这种密启的手段呢？你看看我们集团的某些高管，就想通过密启来向你邀宠，还要诬陷打击同事。我最恨的就是这种职场厚黑学了，所以不会去做这些事情。"身为掌门人，赵恒当然希望通过密启的方式建立自己的情报网，但李沆以忧患的意识，从这些行为中看到了不利于同事团结和公平竞争，树立集团清正之风的一面。

李沆还经常利用自己老师身份，帮老板定夺一些原则性的大事。因为他知道这位老板毕竟不是圣贤，有些事情必须让他来拍板。后来，赵恒甚至连一些家事也要征求他的意见。有一次，赵恒想将自己宠爱的妃子刘氏立为贵妃，连夜写了一道诏书让人送到李沆家，他想听听老师的态度。李沆看了诏书，当着送信人的面就把诏书烧了，并让送信人转告老板："你就说李沆这个下属认为此事不妥当。"历史上敢烧皇帝诏书的人，除了铁了心想要谋反的，恐怕再也找不到第二个了。但赵恒还真的听了老师的建议，在李沆活着时再也没有提及此事。还有一次，赵匡胤二女儿延庆公主的夫君石保吉因为仗着对赵氏集团有一定功劳，又深得赵光义和赵恒的宠信，便希望赵恒给自己加薪升职，与李沆一同担任CEO。赵恒不敢拍板，连续几天征询李沆的意见，都被李沆严词拒绝了。赵恒只得作罢。直到李沆去世之后，这位太祖皇帝的驸马爷才如愿以偿地坐上了同平章事的位置。

要知道，赵恒之所以能听李沆的这些决定，是因为他相信李沆对这些事的远见是正确的，而且自己的老师也没有什么坏心眼。王旦是李沆的同事和朋友，关于李沆的卓越远见和他对这位老板学生的担忧，最有发言权。他在后来接受采访时还谈到两件事。当时李沆做宰相，王旦是参知政事。因为宋朝一直在和辽国交战，所以他们这些高管周末不能休假，每天起早贪黑地忙，甚至都吃不上一顿饭。王旦心里很不爽，抱怨道："我们这些高管为什么就不能像老百姓那样坐享太平，过过周末喝茶游玩的悠闲日子呢？"李沆便给他灌起了心灵鸡汤："现在我们稍微辛苦操劳一点，也是一种警示。将来就算是天下太平，国家也一样会发生大事。"不久辽国与宋朝联姻，王旦问李沆怎么看。李沆摇头叹息："这虽然是好事，然而一旦边患平息了，我担心老板会变坏啊！"李沆忧患的这些事情，在他死后都不幸变成了现实。

公元1004年7月的一天，李沆在去参加董事会的途中突然发病。这可吓坏了赵恒，立即安排了最好的医生给老师治病。第二天，赵恒又亲自到李沆府上探望，总算见到老师最后一面。赵恒从李沆家回宫不久，年仅五十八岁的李沆就抱憾去世了。赵恒听到噩耗，顿时觉得像失去了一座人生靠山，他下令集团放假五天为李沆举行追悼会。在老师的遗体告别仪式上，赵恒扶灵痛哭，说道："我的老师善良忠心，为何不能享有长寿呢？"结合赵恒随后抛弃忧患意识迅速堕落的行为来看，李沆的早逝无论是对赵恒，还是对北宋集团以后的命运，都是一种遗憾。但无论如何，李沆这种敢于直面坏事，从一些小事情中发现危机的做法，都值得每一个想成为人生赢家的人推崇。

范仲淹一生忧患换来什么

每个人心中的危机感都不一样，有人对个人前程患得患失，有人却心藏天下人的命运。尤其在每个新旧王朝更替的历史性时刻，那些内心装着国家、民族和天下苍生命运的人，最终都能超越自我，成为名垂青史的大人物。作为一个普通人，如果能将个人危机的小忧和民族危机的大忧融合在一起，赢得的东西一定会更多，更有价值。

公元 1046 年，五十七岁的范仲淹在庆历新政夭折后，被北宋的第四位皇帝宋仁宗赵祯贬往邓州做知州已经快一年时间了。为赵氏集团操劳半生的范仲淹自知步入晚年，一度雄心勃勃地希望借助这次新政扭转宋朝积贫积弱、内忧外患的动荡局面，却不想这次新政触及了士大夫文官阶层的利益，遭到了朝廷诸多权贵的激烈反对，变得雷声大雨点小，不到两年就宣告失败。

来到邓州的范仲淹没有消沉，而是一如既往地了解民间疾苦，为老百姓谋福利。他还在写给宋仁宗的书信《邓州谢上表》里强调自己"持一节以自信，历三黜而无悔"的人生信念，并表示要继续为国家奉献余力，"求民疾于一方，分国忧于千里"。邓州民风淳朴，工作没有那么烦琐了，这反倒让范仲淹的身体和心情都得到了调养，难得有大把的闲暇时光对自己的一生进行总结，并创作了大量的诗文。

这天是 9 月 15 日，秋高气爽，田野间金黄一片。范仲淹正在和老百姓一起收割稻谷，突然收到昔日老友巴陵郡太守滕子京寄来的一份快递。范仲淹拆开快递，里面是一幅滕子京亲手画的《洞庭晚秋图》。原来滕子京重修岳阳楼后，邀请范仲淹为岳阳楼作一篇序。范仲淹本就是苏州吴县人，儿时曾经游玩过太湖，后母亲改嫁，跟随继父到洞庭湖畔的澧县、安乡县这两个地方上学，因此对太湖和洞庭湖的风光十分了解。范仲淹凝视着这幅《洞庭晚秋图》，仿佛又置身于烟波浩渺、一望无际的湖面。往事如烟，他不断回忆自己忧国忧民的一生，灵感如泉水般倾泻而出。这篇挥洒着范仲淹"不以物喜，不以己悲"的超然心态，凝聚了他"先天下之忧而忧，后天下之乐而乐"的忧乐天下情怀的千古佳作便应运而生。

可以说，范仲淹用这篇《岳阳楼记》对自己"居庙堂之高则忧其民，处江湖之远则忧其君"的伟大一生做了最好的总结。

公元 989 年，范仲淹出生。他的祖上虽然在唐朝出过不少高官，但到范仲淹父亲这一代早已没落，而成了一介布衣。

更可怜的是，范仲淹两岁时，他的父亲就病死了。为了把范仲淹养大，母亲不得不带着他改嫁给一个姓朱的地方小吏。这就意味着，范仲淹从幼年开始就必须面对逆境求生存。因此，青少年时期的范仲淹内心的忧，还只是为个人命运焦虑的小忧。母亲改嫁以后，让他随继父改姓朱。有一次，他看不惯几个朱氏兄弟奢侈浪费的行为进行劝阻时，却被几个兄弟嘲笑："我们花的是老朱家的钱，和你一个外姓人有什么关系！"

一语惊醒梦中人，范仲淹在从母亲那里得知自己的真实身世后，心中大为悲痛，选择了离家出走，去应天书院求学。接下来就到了磨砺范仲淹意志力的时期。离开朱家以后，范仲淹的生活过得非常艰苦。他每天给自己煮一锅稠粥，再将冷却的粥分成四块，早上取两块，晚上取两块，拌着切碎的咸菜一起吃。他这段为了求学划粥而食的经历，后来衍生出"划粥割齑"这个励志成语。一些富二代同学可怜他，打算给他众筹发红包，却被他拒绝了，理由竟然是咸菜拌粥虽然吃不饱，但饥饿却能让他更加清醒地学习。这何尝不是一个人在逆境时充满的忧患意识呢？

好运总会眷顾努力上进的人，公元 1015 年，范仲淹终于迎来逆袭人生的重要时刻，这一年二十六岁的他高中进士。虽然家里无老可啃，没人为他打点，他的第一份官职只是一个九品广德军司理参军，但他总算有了人生第一份微薄的工资，能够把母亲接到身边尽孝了。两年后，范仲淹由于政绩突出又迎来了人生第一次升职加薪，成为集庆军节度推官。虽然这还是一个不入流的小官，远没有光宗耀祖的资本，但倔强的范仲淹终于可以认祖归宗，回家举行了祭祖仪式。

公元 1021 年，范仲淹调任西溪盐仓监，负责当地的盐场管理。这同样是一个抬不上桌面的芝麻官，然而面前这个烂摊子却让范仲淹十分头疼。由于海堤很多年没有修缮，当地百姓经常遭受洪涝之祸，百废待兴，许多盐民纷纷到外地逃荒。目睹老百姓的种种苦难，再联想到自己从儿时就开始经历的那些磨难，范仲淹顿时萌生了一个非常大胆的计划，他要修筑海堤，还当地老百姓一个幸福安宁的家园。此刻，范仲淹的人生理想得到了升华，开始想到为天下苍生分忧了。但想要将盐城、海州、南通和泰州这条绵延数百里的海堤连接起来，将会是一个多么浩大的工程。

为了给自己修筑海堤的宏愿寻求支持，范仲淹写了两封信，分别寄给了当朝 CEO 宰相张知白和他在朝廷掌握实权的好友张纶。他在写给 CEO 的信中第一次阐述了"益天下之心，垂千古之志"的追求。但是，他这种异想天开的想法遭到了CEO 的无情嘲笑。张知白说他越职言事且狗拿耗子，犯了官场大忌。好在他的想法得到了张纶的支持。集团总部仔细研究了张纶递交的可行性报告，终于批准了修筑海堤的计划。

而此时的范仲淹已经调任兴化县令，他开始筹集钱粮，为修筑海堤做准备。公元 1025 年，在经过两年多时间的精心准备之后，范仲淹征调四万军民动工了。但很快他就挨了当头一棒，工程刚开始不久，新修的海堤就被海水冲垮了，导致两百多军人和民工光荣殉职。范仲淹遭受了人生第一次弹劾。危难时刻，时任泰州司理参军的滕子京成了范仲淹背后支持他的那个男人，他亲自指挥士兵保护民工，对死者家属进行安抚，迅速让民心稳定下来。正是滕子京的这次无私帮助，让范仲淹又多了一个人生知己，也为范仲淹后来受滕子京邀请创作《岳阳楼记》埋下了伏笔。

修筑海堤出师不利，朝廷下令停工，但在张纶的斡旋下，海堤工程终于可以复工了。为表决心，范仲淹将自己全部存款捐了出来。就在这时，范仲淹最敬重的母亲突然去世，恪守孝道的范仲淹只好回老家丁忧。在为母亲守孝期间，范仲淹仍然心系工程进度，多次写信恳请张纶不要让这个工程烂尾。公元 1028 年，在经过四年的努力后，这条长达三百公里的海堤终于竣工了。后人为了感念范仲淹的功绩和恩德，将这条海堤命名为范公堤。

修筑海堤让范仲淹的人生理想得到升华，也让他的仕途发展逐渐顺风顺水。因为工作勤勉踏实，三十八岁的范仲淹被时任应天知府的大才子晏殊所欣赏，成为应天书院的一位大学讲师。回到这个自己少年时梦开始的地方，范仲淹以身作则，追崇大德，整肃学风，引领学术创新。随着他的名声越来越大，他又受到另外一位宰相王曾的欣赏。在晏殊和王曾两位贵人的举荐下，范仲淹终于迎来了人生的第一个高光时刻，走进了京城，成为赵氏集团的董事长秘书。新的高度，新的舞台，范仲淹就这样一步一步地踏入了权力的中心，真正开始实践自己"先天下之忧而忧，后天下之乐而乐"的崇高理想。

1052 年 5 月，范仲淹在调往颍州任职途中病逝于徐州，享年六十四岁。宋仁宗为了感念范仲淹的功绩，亲笔为范仲淹墓的碑额题下了"褒贤之碑"四个字，并追封他为兵部尚书，赐文官最高谥号"文正"。范仲淹的一生，是忧患的一生，也是逆袭的一生。在他前三十年的岁月里，作为草根的他只是为自己的命运而忧患；在他后三十年的奋斗中，居庙堂之高的他则是以天下为己任，为整个国家和民族的前途、利益而忧患。这种从"小我"到"大我"，再到"无我"的忧患意识，已经超越了千百年来士大夫"修身齐家治国平天下"的自我追求，直到今天也是值得敬佩的。

陈亮位卑，未敢忘忧国

　　危机发生时，每个人的视角和领悟都不一样，做出的应对策略也不一样。并非只有位高权重之人的见识才是最可取的，有时真理掌握在那些不起眼的人手中。对管理者而言，面对危机不能只倾听从高处发出的声音；对普通人而言，只要你手握真理，一样可以在处理危机的过程中发光发热，甚至力挽狂澜。

　　公元 1193 年，南宋首都临安城。新一届的科考皇榜刚刚发布，就迅速成为头条新闻登上热搜第一。民众对一位年过半百的新科状元陈亮充满了强烈的好奇心，纷纷扒起状元郎的底细。

　　"这个人妄议朝政，喝醉酒骂皇帝坐了三次牢。留这么多案底还能做状元，我们大宋不拘一格降人才，国家终于有希望了。"

　　"听说他年轻时和朱熹教授公开打嘴仗，把朱教授的理学批得一文不值，人家朱教授高风亮节根本不和他计较。"

"我远房表哥是辛弃疾将军部队的厨师长，他告诉我说陈亮是辛将军最好的朋友，该不是由于这层关系，陈亮才中状元的吧？"

月光如练，微风徐徐。辛弃疾家中，这对很久没见面的老朋友坐在庭院的凉亭下小酌。辛弃疾望着须发花白，满脸皱纹的陈亮，欣慰地说道："龙川兄，恭喜你终于金榜题名了。虽然这一天等得太久了，但老骥伏枥，志在千里，今后你不再是一介布衣。让我们一起携手抗金，实现你内心深藏了三十多年的抱负。"

陈亮老泪纵横，泣不成声，他缓缓站起来，凝视着空中的满月，哽咽道："我今天写了一篇《告祖考文》告慰陈家先祖，此情此景，不妨让我先念给幼安兄听听：'亲不能报，报君勿替。七十年间，大责有归。非毕大事，心实耻之。'"

一生忧国未得志，得志已是白发人。辛弃疾紧紧地拥抱着朋友，心里说不出是开心还是难受。

公元 1143 年 10 月 16 日，在婺州永康前黄龙窟一个家道中落的士人家中，一个男婴降生了。接生婆将这个男婴交给他的祖父陈益，兴奋地说道："我接生过无数孩子，只有你家这宝贝一出生就目光如炬，将来一定会做大官！"接生婆一席话，乐得陈家人合不拢嘴。

追本溯源，小男孩的先祖是汉魏时期名门颍川陈氏的后代。他的曾祖父陈知元在抗金战争中为国捐躯，祖父陈益生性豪迈，文武双全，满怀一腔报国的志向，却一直未能入仕。他的父亲更是为了一家人的生计每天奔波操劳耽误了学业，导致陈家的光景一天不如一天。刚刚出生的陈亮自然成了全家人的希望。

虽然"地主家已经没有了余粮",但家族高贵的血统和曾经的荣光,让陈亮秉承了祖父豪迈不羁的个性。他聪慧过人,勤奋好学,才华出众,志向非凡,尤其喜欢谈兵论武。当时软弱的南宋一直被强大的金国觊觎,偏安一隅苟且偷生。岳飞蒙冤被害后,仍然有以辛弃疾为首的主战派要求抗金。面对金国的威胁,是战是和,朝廷内部一直争论不休。作为抗金烈士的后代,在爷爷的教导下,陈亮自小就对国家命运产生出深深的忧虑,一直主张以武力抵御外敌。

为了表达自己的理想,十八岁的陈亮查阅了前朝古人用兵成败的历史,一口气写了二十篇名为《酌古论》的雄文,对十九位著名的历史人物做了深刻的点评。这些雄文让陈亮收获了大量粉丝,他也成为南宋最年轻的一位专栏作家。陈亮的才华让婺州参知政事周葵非常赏识,他将陈亮招揽为自己的秘书。这个周葵是朱熹理学的信仰者。当时朱熹教授的理学是社会的主流价值观,凡是有点才情的儒生很容易成为网红迈上人生巅峰。周葵自然希望陈亮成为朱熹的粉丝,于是就送了《中庸》《大学》这类书籍给陈亮读。

但陈亮对这些空谈心性的理学之书毫无兴趣,甚至嗤之以鼻。他认为今天的时局下,朱教授的理学根本不能解决现实中的社会矛盾,更不能实现抗金恢复中原的事业。他认为,那些性格古板酸腐的理学儒生在逃避现实,误国误民。他坚持自己的信仰,继续研究古人的战争历史,接连写出了《英豪录》和《中兴遗传》两本畅销书,希望从历史的经验教训中找到中兴复国的良策。

年轻的陈亮已经成为学术界的顶流明星，但也许正是因为他这种不走寻常路的选择，注定了他会像祖父那样与功名绝缘。他曾两次参加科举都落榜了。但他对此看得非常开，就像他在自己一篇文章中写到的："我听说古人觉得读书比当官更重要，因为当官只是履行社会法则，而法则存在于文章中。如果我领悟不到这些法则，虽当官又有何用呢？"

虽然没有一官半职，但这并不影响陈亮与朱熹的那场轰轰烈烈的"陈朱论战"掀起的全民狂欢。朱熹乃学术泰斗、理学大师，掌握着绝对的话语权，而陈亮只是一个初出茅庐的愣头青，这场论战从一开始就显示了实力的不平等。但陈亮毫不退缩，没有顾及大师的颜面，因为在他看来，当国家和民族陷入内忧外患的困境时，每个人都有表达观点，提出建议的权利。他虽是一介布衣，但他始终认为自己处理外患危机的策略是正确的。他言辞犀利地批判朱熹和他的信徒们："今天的这些儒生自以为已经获得了修养心性的学问，但其实都是在自我麻痹，逃避现实不顾国家的安危，忘记靖康之耻的仇恨，怎能知道什么才是真正有意义的人生呢？"

陈亮和朱熹都是辛弃疾的朋友，他俩每次见面都会进行辩论，争得面红耳赤，谁都不愿意认输。这场南宋最著名的思想论战从本质上讲，其实代表了当时"战与不战"的两种济世态度。陈亮和朱熹后来还多次通过写信互相辩论，面对陈亮对自己尖锐刻薄的打击，朱熹既愤怒，又欣赏，认为陈亮才华横溢但盛气凌人，观点独特但过于锋利。朱熹对陈亮的欣赏也是发自内心的，因为陈亮的思想始终围绕着如何"北伐中原，收复失地"这个大框架进行。

随着陈亮的粉丝越来越多，他也创立了和朱熹理学分庭抗礼的永康学派，主张"事功"。陈亮用十六个字总结了自己的"事功"理论："功到成处，便是有德，事到济处，便是有理。"在陈亮看来，如果不尽快北伐抗金，让南宋长期面临这种分裂的状态，中原文化和道德就会重演南北朝时的悲剧，由于外族的入侵崩塌绝迹！

为了让自己的观点被南宋集团的决策者采纳，陈亮以布衣身份三次给宋孝宗写信，批判朝廷苟且偷生的国策和儒生空谈心性对社会风气的伤害。宋孝宗虽在朝堂，但对陈亮的名声早有耳闻，就想借这个机会提拔陈亮到集团总部做官，却遭到很多高管的激烈反对。因为口无遮拦的陈亮几乎把朝中的高管全都得罪了。

陈亮满怀信心地进京，希望实现自己北伐中原的政治理想，最后却遭受冷遇，无比失落地回到了家里。不久陈亮又被人诬告到刑部，说他喝醉酒骂皇帝。刑部侍郎何澹早就看陈亮不顺眼，把他抓进大牢一顿严刑拷打。宋孝宗知道后，怜惜陈亮的才华，笑着说："秀才酒后失言，罪不至死。"于是下令放了陈亮。没过多久，陈亮又被人诬陷，第二次遭受牢狱之灾。这些摧残打击并没有动摇陈亮内心的志向，他甚至亲自奔赴建康和京口察看军事地形，再次给宋孝宗写信，希望他让太子监军驻扎建康，以示收复失地的决心。可惜宋孝宗当时决定将掌门人位置传给太子，陈亮这封信并没有交给他，而是落到了其他权贵手里。这些高管觉得又被陈亮羞辱了一顿，纷纷要置他于死地。

即便是无官一身轻，陈亮的人生也充满坎坷。还有一次，陈亮到朋友家赴宴，朋友的保姆下毒杀人，陈亮又遭到仇家诬告成了这起杀人案的幕后主使。他第三次遭遇牢狱之灾，被打入大理寺的死牢，父亲也受到牵连被关在当地的监狱。若不是好友辛弃疾和宰相王淮奋力营救，陈亮这一次很可能就难逃一死了。

陈亮五十岁高中状元之后，终于获得人生第一份官职——建康府判官公事。然而，因为他长期"忧患困折、精泽内耗、形体外离"，身体早已病入膏肓，还没等到他上任，就在第二年的 4 月病死了。陈亮一生只有短短五十一岁，没有真正建立功业，却能以一介布衣的身份忧国忧民，为偏安江南半壁江山的南宋王朝出谋划策，可惜他的策略和思想并没有被当权者采纳。南宋朝廷在他去世后长达八十多年的苟延残喘里，一直没有收复中原失地，最终难逃灭亡的命运。

匹夫顾炎武的忧患心

化解危机的方式有很多，最重要的就是善于审时度势。针对不同情况采取不同的方法，才能让自己转危为安。甚至，当形势所迫时，你必须尝试进行身份和角色的转变，让自己在新的机会中走出失败的废墟，获得新生。

清朝顺治年间的一天，山西某地艳阳高照，一群村民将郊外一座山崖围得水泄不通。他们听到内部消息，大学者顾炎武要来他们村旅游，纷纷跑来迎接，想一睹这位经学大家的风采。路边不见顾炎武的身影，只有两匹载着行李的骡子正在悠闲地吃草。这时有一个眼尖的村民看到一个老农打扮的人沿着悬崖往上爬。

"喂，老人家，你刚才有没有看到一位老先生来过这里啊？"

老头笑呵呵地对着他们摆摆手，继续攀登悬崖。好不容易到达山顶，他已经累得汗流浃背气喘吁吁。在众人好奇的目光中，老头从怀里掏出一本书和几页纸，不停地在上面勾画。等了半晌，他才小心地从崖顶下来。等他慢吞吞地走到骡子旁边时，人群顿时欢呼起来："你不就是我们要找的顾炎武先生吗？"

顾炎武笑呵呵地说："我也没有说我不是顾炎武啊！"

"顾先生，您刚才爬那么高是在作画吗？"

顾炎武把手里的书扬了扬，说道："我有一个习惯，到任何地方都要考察当地的地形、风俗、物产和人口，把它们记录下来，也许将来能有大用处呢。我见此处地势险要，就爬上崖顶观察，却发现你们这里的地图有好几处错误的地方，所以我就把它们纠正了。"

这是顾炎武晚年创作的著名《天下郡国利病书》中的一个片段。"读万卷书，行万里路"，顾炎武在人生后二十多年的游历生涯中，将全国很多地方的山川地形、物产赋税、人口风情都记录在了这本书里。

真正让他在危机中实现后半生蜕变，从一个绝望的前朝遗臣蜕变为一代大儒、思想家和经学家的，却是他创作的那本思想巨著《日知录》。我们熟悉的那句"天下兴亡，匹夫有责"就是从这部著作的思想精髓"保国者，其君其臣肉食者谋之；保天下者，匹夫之贱与有责焉耳矣"演变而来的。它的原意为：保护一个朝代的政治体系不灭亡，那是皇帝和他的臣子们的职责；而天下苍生的生死、一个民族的兴盛或灭亡，却和每个人的利益都有关，所以这是每个老百姓推卸不了的责任。

在中国苦难的近代史中，一句"天下兴亡，匹夫有责"曾经唤醒多少仁人志士的斗志，前仆后继为国捐躯，激励他们为了中华民族的解放事业抛头颅洒热血。

它所蕴含的思想，是顾炎武在人生不同时期面临的危机中慢慢形成的。

顾炎武的前半生扮演着一个前朝死忠的角色，在明朝灭亡已成定局的大势下，他坚持抗清，那时他内心的"天下"只是朱明王朝的天下。到了晚年，成为学者的顾炎武心中的天下，既不姓朱也不姓爱新觉罗，而是天下苍生的天下。

公元 1613 年 7 月 15 日，顾炎武出生在昆山的一个名门望族，家资丰厚，吃穿不愁。顾炎武儿时过继给早已去世的堂伯，养母王氏贤良淑惠，十六岁便未婚守节。王氏视顾炎武为己出，为了精心培养他，她白天织布，晚上看书到凌晨三四点才休息。她经常教育顾炎武，要以岳飞、文天祥、方孝孺这些忠义之士作为自己的人生榜样。可以说，养母王氏是对顾炎武一生影响最大的人。

十八岁时，顾炎武参加乡试，却屡试不中。二十七岁的顾炎武当机立断，放弃了科举入仕的想法，选择"经世致用"这条道路做起了学问。他刻苦地钻研古代的史乘、各地的志书以及各种文集、奏章，将其中有关农业、矿业和交通的内容摘录下来，开始编著《天下郡国利病书》和《肇域志》这两本地理书。他的这个学术方向和爱好，也为他后半生的游历奠定了基础。

顾炎武三十岁时，通过捐纳的途径成为一名国子监生。但仅仅两年后，李自成的农民军就攻破北京城，逼得崇祯皇帝上吊自杀，顾炎武深爱的朱明集团宣告破产。

随着清军南下，从小接受忠君思想的顾炎武毅然投笔从戎，追随南明王朝。面对破碎不堪的大明江山，顾炎武将全部赌注押在弘光皇帝朱由崧身上，寄望他带领明朝的反抗力量把清军赶出关外，扭转亡国危机。彼时的顾炎武年轻气盛一腔热血，积极为南明小朝廷出谋划策。不久，顾炎武回到昆山，和生母何氏以及两个弟弟一起参加昆山守卫战。没过几天，清军破城，四万人丧命，两个弟弟战死，生母的右臂惨遭清军砍断。顾炎武因为城破前出城搬救兵，这才逃过一劫。九日后常熟被清军攻占，养母王氏听说后绝食半个月殉国，临终前特别嘱托顾炎武："我作为一个妇人受到国家的恩惠，为国殉身是一种大义。你永远都是大明的臣子，千万不要辜负浩荡的国恩，不要忘记祖先的遗训，这样我在九泉之下也可以瞑目了。"

养母和两个弟弟的死让顾炎武悲痛万分。身怀国仇家恨的顾炎武在养母的灵前立下誓言，永远不效忠清朝。安葬王氏后，顾炎武化悲痛为力量，离开了家乡，继续乔装改扮在江南坚持抗清。但是，清朝初定天下的大局无法逆转。顾炎武参与的抗清活动接连受挫，弘光朝廷及沿海一些零星的抵抗力量纷纷土崩瓦解。站在人生十字路口的顾炎武虽然没有颓丧，但何去何从仍需做出一个明智的选择。为了明志，顾炎武写下一首《精卫》诗："万事有不平，尔何空自苦，长将一寸身，衔木到终古。我愿平东海，身沉心不改，大海无平期，我心无绝时。呜呼！君不见，西山衔木众鸟多，鹊来燕去自成窠。"

但一场突如其来的牢狱之灾差点让顾炎武性命不保，促使他认清现实，当机立断地选择新的生活。公元 1655 年，顾炎武回到家乡昆山。乡里一个叫陆恩的仆人见顾家没落，于是背叛主人投靠了当地一个叫叶方恒的地方官。这个地方官觊觎顾家的良田和房产，伙同陆恩诬告顾炎武与沿海抗清组织有往来。叶方恒将顾炎武抓起来百般羞辱，严刑拷打，逼迫顾炎武自杀。危急时刻，顾炎武的一些好朋友帮他打赢了这场官司，让他脱离了牢狱之灾。叶方恒不甘心，又收买刺客刺杀顾炎武，将顾炎武的脑袋打伤，多亏有好心人相救，才让顾炎武再次死里逃生。

屡遭劫难的顾炎武意识到光复明朝无望，自己也无法在江南立足了，他已经陷入了人生绝境。是时候做出选择开始新的生活了。为了避祸，顾炎武毅然变卖所有家产，开始了长达二十多年的北上游历。卸下盔甲的顾炎武就像一只自由的雄鹰，足迹遍布山东、河北、山西和陕西等地。他一边考察山川地势做学问，一边广交各地英雄豪杰和学者，终于实现了他游历天下做学问的夙愿。直到晚年，他才选择定居陕西华阴。

这段游历生涯让顾炎武的经历越来越丰富，学识越来越渊博，他在经学、音韵学、地理学、史学和文学等领域都造诣深厚。他不断反思自己年轻时的政治主张和抗清得失，把这些感悟都写进了《日知录》，终于悟出了"天下兴亡，匹夫有责"的大道之道。

顾炎武还一直坚守永不事清的底线。公元 1671 年，清朝设置明史馆，内阁大学士熊赐履给顾炎武寄来邀请函，请他去主持工作。顾炎武毫不犹豫地拒绝了。后来康熙皇帝为了招揽人才，让各地官员将有学问的汉人推荐到朝廷做官，很多对明朝还念念不忘的专家学者都经不住诱惑，愉快地投入康熙的怀抱。经学大师顾炎武自然是康熙重点招揽的对象。但顾炎武不以为然，笑道："我一个快七十岁的老头还图什么呢？现在就差一死了，如果非要逼我去做清朝的走狗，我唯有以死明志。"顾炎武虽然放下了"国家姓明或姓清"的执念，但他仍然不忘养母王氏的遗训，坚守一个文化人的节操。

公元1682年，顾炎武骑马出游时不小心从马背掉下，第二天就去世了，终年六十九岁。他的一生几经转折，先是投笔从戎，尔后弃甲拾文，每次都在危机到来时审时度势地做出最睿智的决定。正因为如此，"天下兴亡，匹夫有责"这些超凡思想才如此智慧闪光。

第二诀

『口』字诀

金口炼话术，纵横得人和

语言不仅是人类区别于动物的一个重要社会属性，还是在人际交流中得到认可、获取利益的基本工具。一个人能说会道不一定赢，但一个赢家一定懂得说话的技巧。既然上天给予人类一张能讲话的嘴，那我们就不应该辜负上天的这番美意，要学会使用它，努力让它成为我们开启成功之门的一把钥匙。所以，说话既是一门高超的艺术，也是一门高深的学问。会说话是一种知理和智慧的体现，更是一个人的顶级修养。要让你的话有温度、有尺度、有态度、有高度，要让你说的每句话都有意义，有收益。

子贡一张嘴改变五国运

世界的玄妙之处在于，万事万物必有内在的联系。不同利益之间同样存在相互制衡的利害关系，如果你能准确抓住这个利害关系并将它条理清晰地表达出来，你就可能是获利最大的那个人。

在孔子七十二个被称为"贤人"的学生中，子贡是最有钱的那个，也是口才最好的一个。当然，他也是最尊敬孔子，最懂得孔子的那个。每次有人质疑诋毁孔子时，总是子贡站出来维护老师的声誉，凭借一流的口才将对方怼得哑口无言。

齐景公是子贡的铁粉，他觉得子贡是世界上最有学问的人，所以子贡只要发帖发圈，齐景公一定会首先跳出来抢沙发点赞收藏。齐景公一直希望有机会与偶像见个面，讨教如何才能成为人生大赢家。这天他终于等来了这个机会，邀请子贡来他的别墅喝下午茶。

齐景公向子贡表达了自己的仰慕之情，而后询问："先生的满腹经纶是哪位老师教出来的呢？"子贡自豪地说："我的老师叫鲁仲尼。"齐景公一脸茫然："仲尼是一个贤人吗？"子贡毫不吝啬地称赞："我老师岂止是贤人，简直就是圣人啊！"齐景公顿时来了兴趣："请先生告诉我他是怎么圣明的？"子贡不停地摇头："这个我也不知道啊。"齐景公顿时觉得偶像是在戏耍他，不高兴地说："先生刚刚还说你的老师是圣人，怎能转口便说不知道呢？"子贡站起来，指着蓝蓝的天空说道："我是一个顶天立地的男人，却根本不知天的高度和地的厚度。现在我跟老师做学问，就好比拿瓢去江河中取水，喝饱了就离开了，怎么知道江河的深度呢？"齐景公觉得子贡的表情太夸张了，冷哼道："先生怕是过于抬举鲁仲尼了吧？"子贡的神情充满了尊崇，说道："我哪里敢抬举老师，我对他的赞誉还没到位呢。我对老师的称赞，不过如同给泰山堆了两把土，但泰山不会因此而增加半分高度；就算我不赞美老师甚至是有人诋毁他，也不过等同于在泰山刨了两把土，丝毫不能让泰山矮半寸！"

听了子贡这番比喻，齐景公才意识到自己冒失了，连忙给子贡道歉。倘若换成孔子其他学生，面对齐景公的质疑，肯定会把孔子得过什么奖、获得过什么荣誉，统统亮出来加以证明，要不就会对牛弹琴一样将孔子那些高深得齐景公根本听不懂的学问说给他听。但子贡没有这么做，他只是巧妙地用天地与泰山的高度和江河的深度做比喻来说明孔子为什么是圣人。这就是语言的魅力。难怪孔子如此偏爱这个口齿伶俐的得意门生，以至于公元前 488 年鲁国即将遭受齐国入侵面临亡国时，他会专门指派子贡临危受命前去列国斡旋，挽救鲁国于大厦将倾之时。让我们重温子贡是如何不辱使命，凭借一张嘴巧开连环计先河，改变天下局势，取得了存鲁、乱齐、破吴、强晋、霸越一箭五雕的辉煌外交成果的。

事情的起因还得从子贡的铁粉齐景公说起。齐国有一对叫田乞和田常的父子，一直想窃取齐景公的家族企业。但齐景公做掌门人一直非常强势，而且一当就是五十八年，让田氏父子根本找不到机会下手。公元前490年，齐景公突然去世，临死前将最心爱的宠妾鬻姒所生的儿子公子荼立为接班人。齐景公这种废长立幼的做法，终于让蛰伏已久的田氏父子抓住一线机会。两人趁齐景公尸骨未寒时发动政变，废除公子荼的接班人资格，将齐景公的另一个儿子公子吕阳生作为傀儡扶植上位，史称齐悼公。通过这次政变，田乞父子掌握了齐国这个吕氏集团的实权，迫不及待地想将企业法人换成田姓，却又忌惮高、国、鲍、晏四大高管的势力。于是便想出一个馊主意，要求四大高管派他们的军队攻打日薄西山的鲁国，以此削弱四大高管的实力。

真是神仙打架百姓遭殃，可怜鲁国无端陷入一场亡国危机中。子贡就这样临危受命，担负起扭转时局这个看似不可能完成的任务。他首先来到齐国拜见田常，田常根本没把这个前任老板的偶像放在眼里，当他听到子贡劝他不要拿鲁国小兄弟撒气时，这位吕氏集团的CEO顿时大怒："我可不是你的粉丝，你小子从哪里来就回哪里去，等我攻破鲁国兴许会饶了你和你老师的性命。"

但子贡丝毫没有要走的意思，而是准确地抓住田常想要打击四大高管实力的迫切心情，面带微笑，不紧不慢地说道："田总是生意人，一定不喜欢做亏本的买卖吧？我来给田总算一笔账。鲁国弱小得根本不堪一击，就算你灭亡了鲁国，也根本不能让四大高管伤筋动骨，反而会提升他们的业绩和威望。但如果你攻打吴国就不一样了。吴国刚刚打败越国，还请勾践老板在他的总裁班学习了三年，可以说是人人畏惧的独角兽。如果你打败了夫差，齐国人就会认为田总领导有方，你在吕氏集团的地位会进一步巩固。就算失败了，和强大的独角兽交战，也一定能让四大高管脱一层皮。所以对你来说攻打吴国成功与否都是只赚不赔的买卖！"

田常立即拿起算盘，一阵噼里啪啦地计算后，顿时喜笑颜开。但很快又沉下脸："可我们齐国的军队已经到了你们鲁国，如果此时撤兵一定会引起四大高管怀疑。"子贡胸有成竹地说道："这事包在我身上。田总只需下令暂时按兵不动，我这就去吴国，游说夫差老板攻打你们齐国，到时田总撤兵攻打吴国就顺理成章了！"田常激动地握着子贡的手说道："偶像啊！从今天起，我老田也是你的铁粉了！"

子贡很快就来到吴国。夫差正躺在床上享受，对子贡的来访有些诧异。子贡早就洞察到内心膨胀的夫差想要称霸中原的想法，于是对夫差说道："夫差老板，您还有闲心享受按摩，难道您不知道您的企业兼并计划马上就要泡汤了吗？"夫差一听，立马坐了起来。子贡叹了口气，接着说道："齐国正准备出兵吞并鲁国。一旦鲁国被兼并到吕氏集团，齐国就会变成另一只独角兽与您分庭抗礼了。"夫差顿时皱起眉头，问道："为今之计，我该怎么办呢？"子贡靠近夫差，说道："只要夫老板马上派兵救援鲁国，打败齐国，不仅可以遏制吕氏集团的扩张，还能赢得扶弱济困的美名，收获更多人心。然后你再顺势打晋国一个措手不及，您企业扩张的霸业便可完成了。"夫差点点头，说道："这倒是个好办法，可我担心勾践那小子趁我出兵救鲁后，在国内空虚之时搞偷袭。等我先收拾了越国，再北上救先生的国家吧。"子贡心里直抱怨，倘若等夫差灭掉越国再去救鲁国，鲁国这盘黄花菜早就凉了。不过他已经想到夫差会这么计划了，于是说道："夫老板放心，我这就去说服勾践老板，让他作为您的小弟一起去救鲁国，这样您就没有后顾之忧了。"

于是子贡又来到他此行的第三站——越国。此时正躺在草堆里舔苦胆的勾践一听孔子最得意的门生大驾光临，有种受宠若惊的错觉。他连忙发动所有环卫工人将道路打扫得一尘不染，和范蠡、文种一起出城迎接子贡，还亲自给子贡当司机，把他安排到越国唯一的五星级酒店入住。"先生怎么会来我这穷困潦倒的国家旅游呢？"子贡同样准确地拿捏到勾践对夫差恐惧和仇恨的心理，决定先吓吓这个正在装可怜的家伙："勾践老板您大祸临头了！夫差为了霸业准备派兵攻打齐国救鲁国，他担心您在背后捅刀子，所以决定要先吞并了您的企业！"

勾践听了，顿时吓得双腿发软，脸都白了，赶紧给子贡作揖，哀求他无论如何都要帮越国躲过这场灾祸。子贡扶起他大笑："勾践老板不必惊慌。您睡了这么多年的草堆，吃了无数个苦胆，现在夫差霸凌您的大仇终于可以报了！其实我这次来就是帮您灭掉吴国的！"子贡随即说出了自己的计划，他让勾践继续装一回孙子，向夫差请求一起去攻打齐国。这样就能打消夫差担心勾践背后捅刀子的顾虑。"勾践老板您仔细想想，假如夫差这次被齐国打败，肯定会赔上一半的家底，这对您和越国都是好事。就算夫差战胜了齐国，他接下来还要去和晋国单挑，这样吴国就会长久地陷入战争泥潭。鹬蚌相争渔翁得利，到时候吴国空虚，您就可以随便收拾它了。"多么完美的计划啊！卧薪尝胆这么多年的勾践终于看到复仇的曙光，他紧紧地搂着子贡喜极而泣。

第二天勾践就派文种去吴国向夫差表忠心，他告诉夫差，我们越国家底薄，愿意倾全国之力出兵五千，帮助大哥攻打齐国，只要大哥一句话，您指哪里我们就打哪里，绝不拖后腿。夫差果然信以为真，消除了后顾之忧，立即纠集了精锐部队杀向齐国。为了感谢子贡献计，勾践赏赐了子贡很多钱财，被子贡谢绝了。子贡心想，本人富可敌国，是孔子最有钱的学生，还差您这点钱吗？

顺利搞定了三个国家，子贡此行的最后一站——晋国就显得轻松了很多。他对晋国的老板晋文公姬重耳说："姬老板，您知道吴国和齐国要开战了吗？"晋文公不以为然，说道："他们狗咬狗关我什么事？我乐得隔岸观火看热闹呢！"子贡拍了一下晋文公的马屁："我早就听说姬老板是一个聪明和有抱负的明君，为什么现在反而糊涂了呢？如果这场战争吴国战胜了齐国，夫差为了争夺霸主地位一定会来攻打晋国。所以姬老板一定要提高警惕，趁齐国和吴国互殴时把军队治理好，做好抵抗吴国的准备。"晋文公如梦初醒，听取了子贡的建议，立即开始厉兵秣马。

几天后，子贡风尘仆仆地回到了鲁国。看着他一脸疲惫，孔子十分心疼，问他事情办得怎么样了。子贡笑着对老师说："我先去美美地睡一觉，大家就静待好消息吧！"

　　接下来的时局发展果然像子贡精准设计好的一般。吴国和齐国在艾陵展开了一场决战，夫差一举击溃齐军。他没有见好就收班师回国，而是朝着晋国奔来，想要一鼓作气再吞掉晋国。晋文公听了子贡的建议，早已摩拳擦掌严阵以待。两军在黄池打了一场遭遇战，晋文公大败夫差。勾践听到吴军惨败的消息，立即发兵攻打如同空城的吴国。惊恐的夫差眼见后院起火，慌慌忙忙地离开晋国回吴国救火，已成疲惫之师的吴国军队不过是强弩之末，军心涣散，越国军队的斗志则已被复仇的火焰点燃，吴国军队根本不是对手。没过多久，勾践就包围了吴王宫，夫差在绝望中自杀身亡，吴国随之灭亡。勾践大仇得报，开开心心地登上了春秋最后一任霸道总裁的宝座。

　　在此之前谁能想到，子贡仅凭三寸不烂之舌就改变了五个诸侯国的命运，将春秋末期的天下局势搅得天翻地覆？其中的奥秘，并非子贡真的巧舌如簧，而是孔子最得意的这位门生准确把握了五个国家的利益关系并加以推波助澜地利用罢了。

只要舌头在，张仪心不慌

> 拥有良好的人脉，我们就能进可攻，退可守。要想通过社交拓展人脉圈，有时必须把自我利益和别人的利益进行捆绑，让别人相信你是拥有共同利益的合作伙伴而非敌人。

张仪离开老师鬼谷子之后，把楚国作为创业的第一站。他初出茅庐，无依无靠，楚国令尹昭阳认为他是个人才，就让他给自己做文员。

这天昭阳在家举行周末派对，邀请很多有头有脸的人赴宴。张仪也在席间作陪，给客人们说些段子助兴。昭阳喝得醉醺醺时，却发现自己的一块玉璧不见了。这可是昭阳本命年佩戴的护身之物。这时有人举报说是张仪偷走了玉璧，理由就是令尹府里只有张仪是个穷小子，油腔滑调的，一看就不是个好东西。昭阳不问青红皂白就把张仪绑起来严刑拷打，打得张仪屁股开花。张仪打死也不承认自己是小偷，昭阳就把他轰出了相府。

张仪受了冤屈，白白地遭一顿毒打。回到家里，老婆看到他血肉模糊的样子，心都碎了，哭着说："如果你不油嘴滑舌，怎么会受这样的屈辱呢？"张仪一听老婆的话顿时慌了神，急忙把嘴张开问道："你快看看，我的舌头是不是还在？"老婆又好气又好笑："你舌头要是不在了怎么能说话？"张仪顿时大喜，顾不得伤痛，手舞足蹈道："这就足够了！"舌头比命还宝贵，只要三寸不烂之舌还在，他便有逆袭的机会。如果昭阳真的把张仪的舌头割掉了，战国历史应该会被改写。

张仪就这样和楚国结下梁子。有人将张仪和苏秦进行比较，认为苏秦重情重义，甘愿为知己老板燕王的复仇事业献身；而张仪睚眦必报，为了报当年被辱的仇，处处针对楚国。当然，在那个乱世有仇不报非君子。张仪后来成为秦国的 CEO，将楚国设计成自己连横的第一个牺牲品，可能有报私仇的因素。但对张仪这样志在天下的外交家来说，牺牲楚国更多的还是因为秦国的利益和他自己事业的需要。因为当时在秦国眼里，楚国就是那颗最强大的眼中钉，只有削弱楚国的实力才能进一步瓦解诸侯国合纵之策对秦国的威胁。

公元前 313 年，秦国准备攻打齐国，那时齐国和楚国缔结了合纵之好，秦惠文王便派张仪去说服楚怀王放弃与齐国的联盟，转做秦国的小弟。重新来到楚国的张仪早就不是当年那个无权无势、任人宰割的穷小子，他背后有强大的大秦集团嬴老板撑腰，架子大，底气足。就连楚怀王也不敢怠慢他，给他安排了一间总统套房。

楚怀王问道："张总亲自来我们这个贫苦偏僻的国家有何指教？"张仪笑嘻嘻地说道："在下是专门给熊老板送大礼的。我们嬴老板说了，只要熊老板愿意和齐国断交，我们嬴老板愿意拿出商於那片六百里的肥沃土地孝敬您，还愿意把秦国最漂亮的女人献给您。从此秦楚两国互相联姻，永远都是最好的兄弟与合作伙伴。这对您而言，既削弱了北边齐国的实力，又获得西边秦国的认可，真是双赢的买卖啊！"

楚怀王不仅是一个糊涂蛋，还爱贪小便宜。张仪摸准了他的这个心理，将秦国的利益和楚国的利益捆绑在一起，让楚怀王深信不疑。楚怀王开心地听取了张仪的建议，所有高管也都称赞熊老板做了一笔不亏本的好买卖，唯独有个叫陈轸的高管让他提防张仪。楚怀王不高兴地问："我不费一枪一弹就得到秦国六百里肥沃土地，有何不可？"不得不说陈轸的头脑还是非常清醒的，他苦口婆心地劝道："现在的骗局层出不穷，天上怎会无缘无故掉馅饼？秦国因为惧怕我们和齐结盟，想通过这种手段挑拨离间，如果老板您和齐国绝交，楚国就变得孤立无援了，那时秦国怎么会舍得把六百里土地这么一块肥肉割下来给我们？张仪回到秦国一定会背信弃义的，如果我们现在和北边的齐国闹掰了，西边秦国的危险就会加剧，到那时秦国和齐国一定会联合起来欺负我们。"

楚怀王冷冷地说："送到嘴边的肥肉都不吃，你当老子是傻子吗？"陈轸说道："我看不如这样，我们就假装和齐国闹别扭，派人跟张仪到秦国去收地，等我们拿到地契再与齐国断交也不迟啊！"

"闭嘴！你这不是让我失信于张仪和嬴老板吗？"

想赢：人生没有躺赢，只有想赢

无论陈轸如何劝阻，一心想捡便宜的楚怀王都听不进去。他立即宣布和齐国断交，将熊氏集团的公章交给张仪，还赏赐了张仪很多财物。随后，他派了一位高管跟着张仪一起去秦国办理六百里地的出让手续。

　　张仪早已意识到这次自己给楚怀王布下的这个"杀猪盘"，一定会招来楚怀王的仇恨。所谓抬头不见低头见，他考虑到将来自己很可能还要来楚国，为了给自己留一条后路，张仪在回秦之前，就用楚怀王赏赐给他的这些财物收买了熊老板的很多高管，其中就包括楚国大夫靳尚。他对靳尚郑重承诺："我们是朋友，今后小张就算穷得只能吃方便面，也是哥哥吃面我喝汤！"

　　张仪刚回秦国就蹊跷地出车祸受伤了，连续三个月没去上班，土地交割的事情自然就搁浅下来。楚怀王听说后，认为这是张仪觉得自己和齐国断交得还不够决绝，所以故意演戏拖延时间。于是他又派一个人借了宋国的符节，跑到齐国对齐宣王肆意辱骂，气得田老板当场把符节砍断，宣布永不和楚国结交，转而做了秦国的盟友。

　　秦国和齐国建交成功，楚国的高管顿时慌了，来找张仪要地。张仪笑道："我家嬴老板曾经赏我六里地作为分红，我愿意把它献给熊老板建造高级会所！"楚国的高管受到羞辱，哭着跑回楚国。楚怀王这才回过神来，意识到自己被张仪的"杀猪盘"骗了，愤怒的熊老板马上派兵讨伐秦国，发誓要抓住张仪并把他碎尸万段。这时已经成为兄弟的秦国和齐国一起攻打楚国，占领了丹阳和汉中。楚怀王不甘失败，继续袭击秦国，结果屡战屡败。楚国只好忍痛割让了两座城池给秦国，结束了这场战争。

两年后，秦惠文王盯上了楚国黔中一带的肥地，想威逼楚国拿秦国武关以外的一片不毛之地交换。楚怀王对张仪的仇恨没有半分消减，每次做噩梦都能梦到张仪那张阴险的笑脸。于是他放出话："老子不愿意交换土地，嬴老板想得到我黔中的地盘，就必须拿张仪来换！"

秦惠文王是一个重情义的老板，他知道这个世界上最宝贵的就是人才，舍不得拿自己的CEO去交换土地。但张仪不想让老板因为得不到黔中之地而不开心，主动申请再去楚国出差。他让老板宽心："现在秦强楚弱，熊老板打狗还要看主人，不敢把我怎么样的。况且楚国大夫靳尚早已是我的人了，他可以护我周全。就算我真的被熊老板'咔嚓'了，能用自己这条命为老板您换得黔中之地，这生意怎么算都划算！"

就这样，张仪冒着被杀头的危险，第三次来到楚国。果然，张仪刚到楚国就被熊老板打入死牢。总算轮到靳尚粉墨登场了，他是楚怀王最宠爱的女人郑袖面前的红人。靳尚找到郑袖，说道："小姐姐，你马上就要被老板抛弃了。"郑袖正在化妆，惊得手上的眉笔都掉了，连忙问为什么。靳尚叹息道："现在秦王为了把他的心头肉张仪从老板的死牢中捞出来，决定拿上庸六个县的肥地换人，还要把秦国最漂亮的女明星献给老板。熊老板就是个贪财好色、喜新厌旧的渣男，到时候小姐姐就会变成一个被抛弃的怨妇。小姐姐不如赶快向老板求求情，让他放了张仪。"

郑袖不敢怠慢，当晚就给楚怀王吹起枕边风："亲爱的，我知道你非常怨恨张仪，但他那样做是为自己的老板效力，迫不得已。你看赢老板多给你面子啊，你还没有把黔中的土地交给他，他就把人给你送过来了。假如秦国还没得到土地，你就杀了张仪，赢老板一定会派最强大的军队来攻打我们。所以，我现在就恳请你让我和儿子搬到江南躲起来，免得亡国之后秦国把我们当奴隶一样对待。"

楚怀王听后，这才意识到杀张仪的严重后果，只好忍气吞声，把张仪放了。看似靳尚救了张仪，实则是张仪利用自己提前在楚国拓展的人脉死里逃生。事实上，张仪的连横外交策略屡试不爽，除了离不开秦国强大的国力，有一半的功绩应归功于张仪在各诸侯国深耕多年建立的私人关系网。于公，他的连横让各诸侯国的利益和命运与秦国绑在了一起；于私，他又将自己的利益和各诸侯国被他收买的关键人物的利益相互连横。这也显示了他作为战国中后期最杰出的外交家翻手为云覆手为雨的手段和能力。

张仪是魏国人，曾两次担任魏国的 CEO。第一次是为了创业，为了迫使魏国与秦国连横结交，张仪回到魏国做相，辅佐过魏惠王和魏襄王两任老板。虽然他为效忠秦国，难逃出卖祖国的嫌疑，但魏国确实通过与秦国连横获得过很多利益。同时，这期间，张仪在魏国广结人脉，赢得比较好的口碑，这也为他晚年在秦国面临灭顶之灾时提前铺好了退路。

秦惠文王死后，接班的秦武王看张仪不顺眼。另外，很多高管也建议新老板杀掉张仪，觉得像张仪这种靠口舌创业的人就是反复无常的小人，为了利益，谁都可以出卖，难保有一天他不会出卖秦国。那些诸侯国知道张仪和新老板感情不和，纷纷背叛他们与秦国的连横盟约，又恢复以前的合纵联盟，逐渐形成了六国联合抗秦的局面。

眼见自己苦心经营的外交成果荡然无存，且随时面临着杀身之祸，张仪顿时心灰意冷。他知道是时候离开秦国了。于是利用齐湣王对自己的仇恨，请求秦武王让他回归魏国。因为齐湣王早就放出话来，如果张仪离开秦国，哪个国家胆敢给他提供再就业的机会，齐国就专门打哪个国家。

张仪含泪对秦武王说道："我已经老了，说话也不利索了，不能再为秦国和老板您奉献力量了。现在我唯一能为秦国发挥的余热就是，请老板放我回魏国，让齐国去攻打魏国。这样的话，您就可以趁机攻打韩国，占领三川。您率领大军出函谷关后直接往周天子的首都洛邑进军，逼迫周天子献出祭器——龙文赤鼎，这样老板您就可以挟持天子成就帝王霸业了！"秦武王果然被张仪说得心儿痒痒，痛快地放张仪回到魏国。

魏襄王听说魏国出品的外交家张仪落叶归根，回来养老了，非常开心，立即重用张仪，让他第二次担任魏国的CEO。为了解除齐国因记恨自己而攻打魏国的危机，张仪又派自己的心腹到齐国，成功说服齐湣王收回当初那句"谁敢收留张仪，我就揍谁"的大话。公元前309年，张仪回到魏国担任魏相一年后就去世了，与他的师兄——另一个用口舌创立合纵联盟的外交家苏秦的悲惨结局相比，张仪在自己的祖国寿终正寝，也算是最好的归宿了。

讽刺的是，两年后，对张仪心怀芥蒂的秦武王当真听取张仪临走时的馊主意，跑到周天子脚下秀肌肉。可惜，这位头脑简单、崇尚武力的嬴氏集团老板，当着天下诸侯逞能徒手举龙文赤鼎时，竟然失手将自己砸死了！

第二诀 「口」字诀

职场面试必须学习毛遂

> 有人平时能说会道，喜欢夸夸其谈，但不过是纸上谈兵，解决不了任何问题。有人看似沉默寡言，但总是在最关键的时候一鸣惊人，凭借自己的口才和见识解决重要的难题。

毛遂是中国历史上第一个享有"三寸不烂之舌"美名的男人。

战国时期，赵公子平原君门下有三千门客，毛遂是其中最不起眼的那个。有的门客每天对热搜、头条进行辩论，旁征博引、各抒己见，都想用新奇的观点让胜哥记住他们。有的门客挖空心思地给胜哥出谋划策，提一些奇葩建议，只是想让胜哥知道，自己没有白吃白住。

唯有这个叫毛遂的年轻人，就像一个哑巴，不苟言笑，也不搭理人，每天独自坐一旁看书，就像别人欠他钱没还一样。

胜哥怎么能养一个光吃饭不做事的废人呢？即便是养条金毛，还可以看家护院呢！

就连赵胜本人对毛遂也几乎没有任何印象。不过，这对他来说也无所谓啦，毕竟作为赫赫有名的"战国四公子"之一，他家里不缺毛遂这点口粮。

公元前258年，秦军进犯赵国，将赵氏集团的总部邯郸团团围住。要想解邯郸之围，只有一个办法，去楚国说服楚考烈王与赵国合纵抗秦。这个救国救民的重担自然落在了赵胜肩上。但赵胜知道楚国经常吃秦国的亏，熊氏集团这任董事长性格懦弱，不敢轻易得罪强大的秦国，所以他必须从三千食客中挑选二十个有勇有谋、文武兼备且口才好的说客，陪他一起去楚国给熊老板"洗脑"。"养兵千日，用兵一时"，赵胜对自己精心供养的这个庞大的智囊团还是很有信心的。

然而，当初抱的信心有多高，失望就有多大。赵胜本打算带二十个门客陪同自己前往楚国，便在三千门客中精挑细选，但选了好几天，才勉强选出了十九个符合标准的说客。这让平原君赵胜失望透顶：他们一个个平时不都挺能说会道的吗？为何如此关键的时刻竟连一个靠谱的都找不到？

多亏胜老板个人涵养比较好，要是换成脾气差的主，肯定会把这群酒囊饭袋全部赶走了。正当平原君愁眉苦脸的时候，其貌不扬的毛遂径直走到他面前，大声说道："胜哥，听说您要去楚国合纵，陪同的二十个门客还差一个，请您把我带上吧！"

毛遂话音刚落，现场其他门客全都讥笑不已。平原君揉了揉眼睛，问道："先生如何称呼？您来我家多久了？"

若换成别人，听到老板如此无视自己，恐怕心都凉了半截。但毛遂面色平静，从容不迫地回答："我叫毛遂，在您门下已经三年了！"

平原君摇了摇头，他不想打击对方的积极性，但觉得毛遂有点自不量力。他尽量让自己的话说得委婉一些，从而显得没有那么强烈的侮辱性："我听说那些有才华的人为人处世，就好比将锥子藏在口袋里，哪怕口袋再深，锋利的锥尖也会露出锋芒！毛先生已经在我门下待了三年，不仅你周围的人没看你发过一条朋友圈，我也是第一次听说你。可见你把自己藏得够深啊！如此说来，毛先生也没有什么特别之处。这次去楚国充满凶险，还是请毛先生安心留下等待好消息吧。"

毛遂并没有生气，他微笑着不卑不亢地回答："胜哥，我今天来找您，就是希望您把我放在口袋里啊！如果我早被您收进口袋，恐怕锥子的把儿都露出来了，又何止是锥尖呢？"平原君是何等聪明的人，他立即明白了毛遂的意思。毛遂这把锥子，只能在最关键的时候才能装进口袋派上用场！换句话说，就是好钢必须用来做刀刃，否则就是暴殄天物！

毛遂的这种倍儿自信的自荐方式，让平原君不得不对他刮目相看。就这样，毛遂成功通过了赵胜的面试，搭上了前往楚国的末班车。

果然不出平原君所料，楚考烈王并不欢迎他们的到来。非但不给报销路费，不给安排接待，甚至连晚上吃夜宵的钱也是赵胜自己掏的腰包。第二天一大早，平原君就带着门客们来到楚考烈王的别墅里，轮番给熊老板洗脑。平原君首先站出来，结果热脸贴了个冷屁股，又灰溜溜地走出来。接着，他安排自己带来的精英一个个进去，然而从早上一直到中午，楚考烈王依旧油盐不进。

此刻，大家的肚子都饿得呱呱叫，眼见十九个精锐全都败下阵来，毛遂一下变成了村里最后的希望。见平原君和其他十九个说客都充满期待地望着自己，毛遂拿起一把宝剑，什么也没说，就昂首挺胸地走进了熊老板的房间。

熊老板眯缝着眼，听这群人唠叨了半天，已经很累了，准备吃了午饭舒舒服服地睡个午觉。一看面前又站了一个相貌普通的年轻人，眼皮都懒得抬一下，呵斥道："滚吧，年轻人，别再浪费口舌了。"

毛遂不以为意，指了指腰间的宝剑，义正词严地说道："熊老板现在敢呵斥小毛，无非是仗着你们楚国人多势众。但是此刻我与熊老板不过十步的距离，就算再多的人对您来说也无济于事了！"

熊老板被激怒了，可内心还是有点虚，厉声说道："你敢威胁我？"

毛遂当然不想一句话就谈崩了，他稍微缓和了一下情绪，说道："我们和主人远道而来，就是想来和熊老板交个朋友。小毛虽然不才，却熟读史书。当年商汤只有不到七十里地就得了天下，周文王也只是凭借百里的立足之地就让天下臣服，难道是由于他们人多势众吗？当然不是！而是由于他们善于利用形势来提升自己的威力。熊老板您的楚国方圆五千里，拥有百万雄师，这已经是成就霸业的家底了。原本凭借楚国的雄厚实力，要夺天下简直就是易如反掌。但当年白起不过是一个黄口小儿，率领区区几万秦军三次攻打楚国，第一次就攻陷了鄢、郢两座城池，第二次便将夷陵付之一炬，第三次更是让您的先祖之灵受到侮辱。就连我们赵国都为这种百世之仇感到羞耻，熊老板反倒麻木不仁。今天我们来合纵，实际上为了楚国，而非为了赵国，熊老板非但不感激我们，反而对我和我的主人大声训斥，这便是您的待客之道吗？"

毛遂慷慨激昂，如数家珍地揭开了楚国屡次被秦国侮辱的伤疤，目的就是要用这种激将法唤醒楚考烈王沉睡的心灵。果然，熊老板的面目变得十分扭曲，陷入了沉思之中。

毛遂见自己的方法奏效，心中更有底气了，接着有条不紊地分析起合纵抗秦对楚国的好处："楚赵联合抗秦，对楚国有百利而无一害。秦国想要吞并六国搞一家独大的狼子野心早就不是什么秘密了。如果今天赵国被大秦集团兼并了，我相信很快就会轮到楚国了。想当初我们六国合纵攻秦，虽然没有实现预计的目标，却让秦国整整十五年不敢造次。现在二十万秦军将邯郸围困，虽然日夜攻打却还是没有占到什么便宜。魏国是我们赵国的朋友，他们一定不会见死不救的。如果楚赵再合纵结盟，以我们三国的力量，一定可以将二十万秦军歼灭在邯郸城下！"

楚考烈王眼里的光芒变得越来越炽热，他坐直身体，用手势鼓励毛遂继续说下去。此时，毛遂的这番话显然已经把对方的胃口吊起来了，他接着说道："一旦秦国的二十万王牌部队被我们消灭，秦国的实力就会遭受严重打击，他们一定会放缓吞并六国的计划。这时熊老板就可以趁势西进，不仅可以将被秦国夺走的国土收回来，重振熊氏集团的声望，还能为你的先祖报仇。小毛实在想不通，这么一桩低投入高回报的生意，熊老板为何要犹豫半日呢？"

最后，楚考烈王彻底被毛遂说动了，立即命令下属准备鸡血，与平原君歃血为盟。回到赵国之后，平原君逢人就感慨："我赵胜以伯乐自居，一生鉴别了无数能人志士，却差点错过毛先生这匹千里马。毛先生随我到楚国，让我赵国堪比九鼎大吕。毛先生的这副三寸不烂之舌，简直胜过百万雄师！唉，我再也不敢随便评价人了。"之后，平原君理所当然地将毛遂当成了上客。

公元前 257 年 12 月，魏、楚大军抵达邯郸，与赵军里应外合，对秦军形成夹击之势。秦军大败，20 万精锐伤亡殆尽。秦国国力受损，在短时间里再也无法发动大规模的兼并战争，因此延缓了统一六国的步伐。而毛遂关键时刻的自荐使楚，说服楚国与赵国合纵抗秦当记头功。毛遂在平原君府上沉寂三年，默默无闻，并非他无能，而是他不愿意与世俗同流合污，把一些小打小闹的成绩视为成功。三年不鸣，一鸣惊人，当老板对他产生质疑时，他又以一种非常自信的方式举荐自己，这得益于他平时对老板的观察，深知老板的为人。在楚考烈王面前，他展示了自己的胆识和对天下大势的精准判断，让楚王对他的观点心悦诚服。而这些都离不开他在三年的沉寂中，不断地学习充电，自我提升。当然，也离不开一个最关键的因素，就是他善于雄辩的口才。

所以，保持沉默未必不是一件好事，你正好可以利用这段沉默的时光充实和提升自己。只要关键时刻你能一鸣惊人乃至只需一席话便可扭转时局，那你就是真正的赢家。

汉武帝身边的喜剧之王

> 幽默是一种十分特别也非常重要的交流技巧，也是一种最有趣，最容易产生感染力，最具传播性的语言艺术。幽默不等同于低级粗俗的荤段子，也不是牵强附会的比喻夸张。真正的幽默源于生活的沉淀、人生的感悟、人性的洞察和丰富的学识。

阳春三月，长安城郊外的原野上，桃花开得格外娇艳。刚刚接班不久的汉武帝刘彻正在兴致勃勃地策马狩猎，突然听到不远处一阵喧哗。一个侍卫慌慌张张地来报："董事长不好了，刚才来了三个小矮人，说有个叫东方朔的人追杀他们，专门跑来向您求救了。"

汉武帝眉头一皱，命人将三个小矮人叫到跟前问清原委。原来三个小矮人是专门给汉武帝养马的饲养员。他们跪在汉武帝面前哭哭啼啼地说道："老板救命啊，昨天晚上有个巨人跑来恐吓我们，说我们这些小矮人既不能种庄稼，又不能行军打仗，更没有治理国家的能力，活着就是浪费国家的粮食，所以他想杀了我们。他让我们来向老板您求情。"

汉武帝勃然大怒，立即让人把东方朔抓来。他一看，这家伙身高超过两米，剑眉修长，双目炯炯有神，再配上两排洁白的牙齿，简直比汉武帝还要帅气。汉武帝生气地问道："你不要以为自己长得帅就可以无法无天！说，你为什么要杀我的饲养员？"东方朔恭恭敬敬地回答道："老板，我是为了想早点见到您，才不得已吓唬他们的。您的三个饲养员身高不到一米，而我身高超过了两米，可我和他们领的工资一样多。老板您觉得这合理吗？难道您舍得让他们撑死让我饿死吗？老板如果担心我比你帅而不愿意重用我，那就早点放我回家种地，我可不愿一直留在总部等您召见而浪费粮食！"

汉武帝这才猛然想起，半年前，他曾收到一份写了三千片竹简的简历，他花了足足两个月时间才把这封简历看完，写简历的人就是这个东方朔。这家伙在简历中毫不脸红地夸耀自己："我东方朔幼年失去双亲，由哥哥嫂嫂抚养成人。我十三岁饱览群书，十五岁学会剑法，十六岁开始研究《诗》《书》，阅读的四书五经类的书籍超过了二十万字。我十九岁开始研究兵法布阵，熟知各种武器的用法，甚至连打仗时军队进退的钲鼓也敲打得出神入化。关于兵法的书，我也读了超过二十万字。所有读过的书加起来就是四十多万字。我现在已经长大了，身高二米多，一双眼睛比星星还要明亮，牙齿比贝壳还要洁白整齐。我的勇猛超过了孟贲，敏捷好比庆忌，廉俭胜过了鲍叔，守信堪比尾生。像我这样集美貌、才华、智慧、武功和品德于一身的大汉第一网红男，应该有资格让老板您赏个副总给我做吧？"

正在大量招聘人才的汉武帝当时就被这封简历深深吸引，赏赐了东方朔一个负责信访接待的公车令小官，让他在信访办等待接见。没想到老板要做的事情太多了，慢慢就把这件事给忘记了。弄清原委的汉武帝哈哈大笑，他非常喜欢这个既幽默又才华横溢的"开心果"，于是让东方朔以后在专门接见学者的地方——金马门等待他的召唤。东方朔就是用这种看起来很冒险，却又非常幽默睿智的方式见到了汉武帝，一下就拉近了自己和老板的亲密关系。

作为中国相声界的祖师爷和古代智慧的代言人，东方朔在刘彻集团最大的职务只做到太中大夫，相当于一个总裁办副主任。他在政治上并无多少实际的业绩，每天的工作无非就是陪老板聊聊天，给老板讲讲笑话解解闷而已。但他作为汉武帝最亲近的门人，相伴汉武帝多年。他给老板带去的好心情，对汉武帝的行为决策还是有一定的影响的。而且，他经常利用陪伴老板的机会表达一些自己的政见，甚至给老板提一些中肯的意见。

东方朔堪称汉武帝时期最顶流的娱乐明星，他经常利用自己的幽默和才华在老板面前嬉皮笑脸，但这种现象绝对不是偶然。古代是一个等级森严、尊卑分明的社会，试想刘彻集团中能有几个人敢像东方朔这样成天在汉武帝这个霸道总裁面前玩世不恭、嘻嘻哈哈的？他的每一次幽默，每一段相声，绝不是一时的心血来潮，而是建立在他丰富的学识、洞察事物和人性能力的基础上。他投给汉武帝的简历虽然有造假的成分，但绝大部分都是事实。所以，我们不能简单地将东方朔当成汉武帝身边的一个脱口秀演员，而要把他看成一个伟大的喜剧艺术家、语言学家和智者。

汉武帝很喜欢猜谜。有一天他将一只壁虎藏在盂中，所有人都没有猜中。东方朔熟知《易经》，他取了几根蓍草摆成各种卦象，最后说道："我猜这东西是龙却没有长角，是蛇却又长了脚，走起路来一摇一摆，看起东西来目不转睛，它要么是壁虎要么是蜥蜴。"汉武帝非常高兴，当场就赏给东方朔十匹帛。东方朔经常因为猜对谜而得到很多赏赐，这让汉武帝十分宠信的一个流行歌手郭舍人非常嫉妒。郭舍人对老板说东方朔就是故弄玄虚，没有什么真才实学，他愿意和东方朔PK。但无论郭舍人出多么难的谜语，东方朔都能猜中。因此，汉武帝更加欣赏东方朔的才华，彻底成了他的小迷弟，给他加薪升职，让他做了常侍郎。

伴君如伴虎，虽然东方朔是汉武帝的开心果，但如果没有超凡的察言观色的能力，恐怕他也不敢在老板面前如此造次。《汉书》记载道："朔虽诙笑，然时观察颜色，直言切谏，上常用之。"这句话透露了一个非常重要的信息，东方朔就是利用自己的幽默来察言观色。有了这层特殊的"保护色"，他才能根据汉武帝的情绪提一些建议，而且总是得到老板的赏识。试想，如果少了这些环节，东方朔很可能就会被老板冷落，甚至招来杀身之祸。历史上多少直男型忠臣因为没有东方朔的幽默和智慧，缺少东方朔洞察皇帝心思的能力，在给皇帝时提建议时枉丢了性命。

汉武帝姐姐隆虑公主的儿子昭平君犯杀人罪被打入了大

牢。隆虑公主临死前，曾进献黄金千斤、钱一千万，请求预先赎昭平君的一次死罪。没想到，隆虑公主死后，她的儿子昭平君真的犯了死罪。汉武帝想到之前对姐姐的承诺，但又不想因此违背法律，包庇外甥，就让主审此案的法官依法进行判决。这天是汉武帝的生日，他一想到自己违背了对姐姐的承诺，心里非常痛苦，眼泪都快流下来了。偏偏这时东方朔站起来，举起酒杯恭祝老板万岁万岁万万岁。汉武帝立即甩了东方朔一个眼神，拂袖而去。汉武帝一向认为东方朔是最懂自己喜怒哀乐的那个人，为何今天会说一些不合时宜的话呢？傍晚时分，汉武帝酒醒了，就把东方朔叫来，问他为什么不陪着自己流泪反而要给他唱生日快乐歌。东方朔早就想好应对之策，于是就给老板普及起了阴阳五行的学说，认为人活着就要开心，经常悲伤会对身体和寿命带来影响。而且酒是世界上最好的消愁的东西，所以他举起酒杯为老板祝寿，既表达了自己对老板严格执法、不徇私情的崇敬，又希望能为老板分担悲伤。东方朔的这番解释说得汉武帝心悦诚服，于是马上又给他加薪升职。

汉武帝爱好打猎，每次出去打猎都化名为平阳侯。因为打猎时将很多农田给毁坏了，老百姓经常去官府投诉。有高管为了讨老板欢心，便建议汉武帝专门修建一个皇家狩猎场供汉武帝玩乐。汉武帝想要用一些没有开垦的荒地置换老百姓的农田来修建狩猎场。汉武帝做这个决定时，刚好东方朔就在他身旁。东方朔见老板今天心情还不错，感觉这个时候提建议不至于让老板生气。于是东方朔委婉地提出了反对意见，认为老板这样做是不体恤农时，不利于富国强兵。他还引用了殷纣王和秦始皇因为大兴土木导致家族企业破产的例子来警醒老板。最高明的是，他最后献给了老板一本《泰阶六符》的卦书，希望老板可以根据天象的变化来反省自己做的决定是否正确。这让汉武帝根本没法怪他。虽然汉武帝没有采纳东方朔的建议，最终还是修建了这座最后命名为上林苑的大型皇家猎场，但他因此给东方朔升职加薪了，任命东方朔为太中大夫，还赏了东方朔一百两黄金。这已经是东方朔在职场中混到的最高职位了。

所以，东方朔看似荒诞不经的一生，其实是充满学问和智慧的一生，也是快乐和无拘无束的一生。他用自己的学识和幽默潜移默化地影响着汉武帝，另辟蹊径地对汉武帝进行规劝和敲打，还让自己得以保全。值得玩味的是，东方朔去世前却表现出从未有过的传统和正经，他借用《诗经》的典故，第一次也是最后一次用非常古板的口吻建议老板一定要远离小人，因为小人的谗言就像落在篱笆上的苍蝇一样嗡嗡地响，如果放任谗言泛滥，就会让天下不得安宁。自知大限已到的东方朔突然回归正统，似乎更能证明他的幽默就是保全自己的一层伪装，也证明了他生前那些幽默的宝贵价值。但汉武帝听了东方朔这些将死之言，竟然感到十分惊诧和不习惯。或许直到此时，这位中国历史上无比伟大的帝王也没有想明白东方朔的人格底色究竟是怎样的。

才女班婕妤巧言避祸

良好的口才，雄辩的能力不仅可以为自己开拓更多人脉资源，还能在遇到危险的时候作为化解危机、自我保护的一把利器。想练就好口才，性格要自信，做人要明理，见闻要广博。

两千多年前的长信宫内，残月如钩，秋桂飘香。微凉的秋风中传来一声女人幽幽的叹息。班婕妤伺候年迈的皇太后王政君就寝后，感到浑身困倦，却没有丝毫睡意。她悄悄地走到院子，坐在冰凉的石阶上。不远处的未央宫里隐隐传来丝竹绕耳的声音和一阵阵欢笑声，那一定是汉成帝正在和赵飞燕与赵合德度过欢乐时光。多年前，那里曾是她的主场，可惜她虽然才情出众，但文艺女永远学不来狐狸精的娇媚。她能言善辩，经常用她非凡的口才规劝汉成帝如何做一个好男人好老板，却说不出一句肉麻的话。她深爱自己的夫君，但骨子里只有一股文艺女自带的傲气，没有更容易让男人入迷的媚骨。所以她输了，被汉成帝遗忘在深深的后院，眼看着自己的年华一天天老去，却无能为力。

长夜寂寂，班婕妤消瘦的身影被一层如月光般清冷的忧愁萦绕，泪眼模糊的她望着一尘不染的夜空，情不自禁地吟诗一首："新裂齐纨素，皎洁如霜雪。裁为合欢扇，团团似明月。出入君怀袖，动摇微风发。常恐秋节至，凉飙夺炎热。弃绢箧笥中，恩情中道绝。"这就是班婕妤那首唱断了两千多年怨妇心的《怨歌行》。

班婕妤是中国古代屈指可数的几位才女之一，更是集文采和口才于一身的女诗人。她出身于高贵的功勋家庭，父亲班况曾随汉武帝抗击匈奴战功卓越。身在豪门的班小姐打小就是一个美人胚子，聪慧伶俐，饱览群书，吟诗作赋，文采斐然。公元前32年，汉成帝刘骜接任大汉刘氏集团的董事长，班小姐被选入皇宫，起初只是一个下等女官，后来逐渐得到了刘骜的宠爱。她曾为刘骜生下一个继承人候选人，可惜这个孩子在几个月时就夭折了。之后班小姐没能再生育，这也可能是她最后失宠的原因之一。

后宫佳丽三千，侍奉的男人却只有一个，竞争惨烈远超职场，倘若没有绝对的实力和谋略，就只有在寂寞岁月中接受被淘汰的命运。班婕妤入宫后仍然以文艺女自居，每次见了汉成帝都严格遵循古代的礼节，时常给他朗诵《诗经》《窈窕》《德象》《女师》这些经典名著。刚开始，刘骜觉得自己娶了一个才女，还有一种满足征服欲的快感和新鲜感，但久而久之便觉得索然无味，毕竟不是每个皇帝都是李煜。

但班婕妤还是和刘骜度过了一段郎情妾意、如胶似漆的甜蜜时光。那时班婕妤不失时机地用自己的口才开导刘骜将他的祖爷爷刘彻作为人生榜样，重振日渐式微的刘氏集团的荣光。为了讨班婕妤欢心，方便班婕妤时时给自己唱诗，汉成帝专门定制了一辆限量版的豪华跑车，希望带着班小姐一起耍威风。班小姐立即拒绝了刘骜的这一行为，她用自己的好口才安慰汉成帝委屈失落的内心："我喜欢看古人留下来的画作，上面那些好皇帝都是一些贤能的名臣相伴左右。而夏朝、商朝和西周三代的亡国之君，身边坐的才是他们宠信的女人。这些亡国之君因为过于迷恋女色而落得家族破产、身败名裂的凄惨下场，你如果经常让我陪你一起坐跑车，不就是跟他们学习吗，能不让我感到深深的害怕吗？"这时的汉成帝对班小姐的新鲜感还没消耗完，觉得她非常明事理，便打消了这个念头。王太后知道这件事后，对班婕妤大加赞赏，说道："我乖儿媳就是大汉的樊姬。"要知道，樊姬是辅佐春秋五霸之一楚庄王的老婆。

王太后乐意为贤惠的儿媳妇造势，进一步提升了班婕妤在后宫的地位和声望。班婕妤内心也将樊姬视为学习对象，不断提升自己在德容才工方面的修养，希望可以辅助自己的男人成为一个霸道总裁。可惜汉成帝不是楚庄王，也不是汉武帝，很快就暴露他的渣男嘴脸。没多久，一代舞神——身轻如燕的赵飞燕就和她的妹妹赵合德入宫了。姐妹俩一个身形苗条、柔若无骨，一个丰盈饱满、媚态百生，把汉成帝迷得神魂颠倒，每天和她俩沉溺于声色犬马，自甘堕落。赵氏姐妹仗着新宠的身份在后宫飞扬跋扈、不可一世。

班婕妤逐渐感受到落红遍地的冷落和凄凉，她作为大汉的第一才女，内心依然保持着自己的骄傲和操守，选择隐忍而不是和赵家姐妹花争宠。但当时掌管后宫的许皇后不愿忍气吞声，对赵家两个狐狸精恨之入骨。于是，许皇后就在自己的寝宫摆了一个神坛，每天念经拜佛，在为汉成帝祈福的同时诅咒两个狐狸精早日灾祸临头。这事很快就被赵家姐妹花知道了，她俩就在刘骜面前寻死觅活，说许皇后心如蛇蝎，竟诅咒汉成帝和她俩。二人还打算借此机会把班婕妤这个最大的威胁一起除掉，诬告班小姐也是同谋。

汉武帝时代的"巫蛊之祸"不幸在刘氏集团的后宫重演了，暴怒的汉成帝立即废黜许皇后，让她去昭台宫思过并度过余生。班婕妤也被汉成帝抓起来审问。面对突如其来的生死横祸，班婕妤临危不惧，运用自己的智慧和充满逻辑的辩解能力给自己做辩护。她从容不迫地对汉成帝说道："生死有命，富贵在天。修善尚不蒙福，为邪欲以何望？"

这一段脍炙人口的自我辩护成为刑事辩护的经典之一。班婕妤巧妙地运用"两难"推论为自己开脱。她首先阐明一个在当时绝对正确的科学观点：人的寿命本就是命中注定，贫穷或富贵也是老天安排，岂能凭人力可以改变！班婕妤的弦外之音就是："既然上天的安排无法改变，我何必要做巫蛊这种毫无意义的事情呢？"一句话就证明自己没有作案动机。接着，她又抛出了一个"鬼神也不会实现邪恶之人心愿"的观点，来证明利用"巫蛊"害人是毫无用处的："一个品德高尚、心地善良的人都不知道自己能不能得到福报，搞歪门邪道会有什么好处？况且就算鬼神真知人间的诉求，也一定不会接受这种诅咒君主的行为。但如果鬼神不知人间的这些诉求，做这种诅咒祷告的事不是毫无用处吗？"班婕妤的态度很明确，没有人会冒着风险去做这些可招来杀身之祸且毫无意义的事情。班婕妤的"二难"推理，逻辑严密得让赵家姐妹花找不到丝毫漏洞。"一日夫妻百日恩"，汉成帝也舍不得对如此有才华的老婆下死手，于是判她无罪。

就这样，班婕妤凭借自己的智慧和雄辩成功渡过这次生死劫难。经过这次变故，班婕妤看透了人生，不想继续陷入后宫血雨腥风的纷争中，主动请求去长信宫照顾一直对她很欣赏的婆婆王太后。没过多久，汉成帝就将赵飞燕立为皇后，将赵合德立为昭仪。与老公渐行渐远的班小姐每天陪着王太后烧香礼佛，空闲时便秋扇自伤，写诗抒发内心的感慨。这段时间成了班婕妤的创作高峰期，她写出了很多脍炙人口的爆款诗文。汉成帝死后，班婕妤请求去为老公守陵，希望守着汉成帝的陵墓度过余生。一年后，五十岁的班婕妤病逝，葬于汉成帝陵墓。她活着时大半生不能与老公朝夕相处，死后终于可以一直陪着他。无论如何，这位汉代才女在失宠后利用智慧和口才自保的事迹，都值得每一个人深思和学习。

口才大师诸葛亮的辩论技巧

> 人生处处有纷争，口舌之争更是我们最难避免的一种。要想在口舌之争中立于不败之地，首先必须了解对方，知道对方的长处和弱点；其次，还要懂得辩论的节奏，虚虚实实出其不意；最后，就是要对自己的观点充分信任，哪怕自己的观点有时占据下风，也不要未辩先觉理亏。

三国时期战死的文官，谁死得最冤？当然非王朗莫属！因为他是被诸葛亮骂死的！一个人在战场上不是死于阴谋或刀剑，而是死于口水，这还不够冤吗？

作为中国古代最杰出的政治家、军事家和谋略家之一，诸葛亮令人惧怕的不只是他的计谋，还有他那张让人无法招架的嘴。让我们回顾一下这场载入史册的精彩辩论，看看诸葛亮这位雄辩大师到底赢在什么地方。

从诸葛亮和王朗辩论的内容来看，双方似乎都预料到第二天会有这场无法避免的口舌之争。为了解对手，他们都精心调查了对方的工作经历。王朗在辩论中质问诸葛亮："今公蕴大才，抱大器自比管仲、乐毅，何乃要逆天理，背人情而行事？"这说明王朗连诸葛亮的偶像是管仲、乐毅都打听清楚了，功课做得非常充足。

但和诸葛亮相比，他的准备工作还是不够精细。来看看诸葛亮是如何应对王朗的："王司徒之生平，我素有所知，你世居东海之滨，初举孝廉入仕，理当匡君辅国，安汉兴刘，何期反助逆贼，同谋篡位！""贰臣贼子，你枉活七十有六，一生未立寸功，只会摇唇鼓舌，助曹为虐！"听听，听听，诸葛亮不仅将王朗的出生地、年龄这些底细摸得一清二楚，就连他如何得到第一份工作也了然于胸。所以，在做准备工作的时候，王朗已经输了一步。这就告诉我们，如果陷入口舌之争，要想赢得辩论，知己知彼太关键了。如果你想拿对手的缺点进行攻击，首先得反省自己是不是也有这样的缺点，否则就会打自己的脸。

当然在准备工作阶段，你还要判断自己和对方的实力是不是一个量级。如果对方的功力远不如你，你自降身段和对方做口舌之争，不仅有失风范，还会抬高对方的影响力；如果对方的量级高出你太多，明知不是别人的对手，就没必要自讨没趣挨骂了。在王朗眼里，诸葛亮乃是西蜀集团的执行董事长，是成名已久的口才大师；反观自己，虽然不如对方口齿伶俐，但论阅历和年龄都不输于对方，所以王朗觉得可以和诸葛亮一战。当然，后来的结局证明他的判断还是严重失误了，他既高估了自己的能力，也低估了诸葛亮的口舌之狠。在诸葛亮眼里，王朗算是敌人文官中地位最高的那个人，活了七十多岁，吃的盐比别人吃的米还要多，算得上是一个合格的辩论对手，自己和他辩论，也不算以大欺小、以强凌弱。

但在实战的辩论中，就算你准备的材料及时充分，也不如变化来得快。所以临场的心理素质和随机应变才是口舌之争取胜的关键。诸葛亮在和王朗的辩论中大获全胜，便是善于随机应变的结果。首先，你必须占理，抢占道德的制高点。辩论和打仗一样，最忌讳师出无名。一旦你站到了道德的制高点，无疑就成了代表正义的那个人，我骂你是维护正义，就变得天经地义了。王朗不是傻子，他也懂得这个道理，所以他就给诸葛亮扣上了一口"不识时务，兴无名之师，逆天必亡"的大锅。王朗认为自己代表的曹氏集团乃是天命所归，这就是他占据的道德制高点。

但诸葛亮占据的道德制高点，无论是高度还是正义程度都远远胜过了王朗。在诸葛亮看来，曹操就是篡汉的逆贼，天下人人得而诛之，你王朗曾经领着汉室刘氏集团的薪水，现在反过来投靠曹操，这不就是不忠和助纣为虐吗？要知道，当时虽然大汉刘氏集团早已成过去时，但在天下读书人和很多老百姓心里，凡是和汉室扯得上关系的都是正统的一方。刘皇叔和诸葛亮不就是一开始就掌握了这个道德的制高点，塑造蜀国集团"以匡扶汉室为己任"的企业精神吗？何况王朗的确是东汉的旧臣，他现在去大魏集团上班就是一种背叛行为。所以在抢占道德制高点时，王朗已经输了。

真正的高手吵架比的不是谁有理谁就可以嗓门大，而是要善于把握舌战的节奏。特别在舌战刚开始时，对手往往希望一招制敌，所以一上来就开始咄咄逼人，根本不给你开口的机会。高手在这个时候绝不会自乱阵脚，而是在假装示弱中以退为进，先让对方亮出底牌，从而找到对方的破绽。

王朗和诸葛亮的辩论开始之后，王朗就想要用气势把诸葛亮压垮，他咄咄逼人地甩出一个"无名之师"的炸弹想把对方炸飞。这时王朗已经先入为主地建立了一个非常严密的逻辑关系：诸葛亮率领的是无名之师，打仗必须师出有名。你诸葛亮两方面都不占理，就是不识时务，做名不正言不顺的事，一定会失败的。诸葛亮当然清楚，打仗师出有名自古以来都是真理，他不能直接否定对方设置的这个大前提。所以他主动示弱，以一句"我奉诏讨贼，何谓之无名"回击，既巧妙地否定对方师出无名的指责，又顺便给对方挖了一个坑，听他如何辩解曹操是一个有德之人。果然，以为稳操胜券的王朗开始滔滔不绝地夸耀曹老板如何天命所归，如何兵强马壮。说到高兴处，还真诚地策反诸葛亮，希望他"倒戈卸甲，以礼来降"，还可谋个大区经理的职位。

王朗的这番雄辩逻辑严密，他引古论今、旁征博引、有理有据，堪称精彩，让诸葛亮几乎找不到明显漏洞。但诸葛亮手摇羽扇，狂笑几声，轻飘飘的一句"粗鄙之语"就将王朗精心准备的这篇腹稿全部否决了。他开始用事实陈述自东汉末年以来宦官专权、黄巾之乱、董卓篡权、汉帝被挟等混乱不堪的政治局势，痛陈社稷变成丘墟，苍生饱受涂炭之苦的民生之哀，声情并茂地为自己"光复汉室，解救苍生"的出师之名进行了辩护。王朗谈古论今，虽然立意高远，但难免华而不实。诸葛亮直接陈述当今的事实，接地气，感染力强，更容易引发听者的共鸣。

一旦在舌战中扭转不利局势，对手气势就会减弱，这时一定要乘胜追击，蛇打七寸，猛戳对手最大的痛点，这才是诸葛亮最狠辣的地方。王朗在这方面显得委婉了一些，比如他夸诸葛亮"知天命识时务，蕴大才"，直比管仲、乐毅，用的是一种表面奉承、暗中讥讽的把戏。但诸葛亮就不一样，他骂王朗时直、准、狠、毒，说王朗"汉室贰臣"，骂的是他不忠无德；说王朗"一生未立寸功"，骂的是他无才。一个人活了七十多岁，无德无才，这不是白活了一辈子吗？可谓字字诛心。更狠的是，诸葛亮最后干脆骂起了脏话，把王朗比作"皓首匹夫、苍髯老贼"和"断脊之犬"，直接骂得王朗情绪崩溃，只得以"诸葛村夫"做最后的无力反击。

在实战辩论中，虽然学识、技巧和方式非常重要，但心理素质同样至关重要。如果你的心理承受力足够强大，哪怕在理屈词穷的时候，也不会自乱阵脚，反而可以找到反击的机会。最后，王朗被诸葛亮气得胸口疼痛，说不出话来，内心遭受暴击，气血翻涌，从马上跌落下来摔死了。导致这种结果，一方面是他一个七十多岁的老人身体本就不好；另一方面也说明，与诸葛亮相比，他的内心还不够强大。当然，说到内心强大，世间又有几人能与用空城计诈退司马懿的诸葛亮相比呢？

所以口才大师诸葛亮的雄辩才华是通过不断实战积累和历练出来的。相传，他还在南阳的时候就开始操练口才，专门找一些能言善辩的村妇陪练。当然，我们也不要忘记诸葛亮本就是一个才智超群、深谋远虑和非常自信的人。他在东吴集团总部舌战群儒的那场历史性的大辩论，更是将他的综合素质淋漓尽致地展现了出来。

让我们来看看这场舌战群儒的几个小片段。张昭听到诸葛亮自比管仲、乐毅之后，马上就讥讽道："管仲曾经辅佐齐桓公成为春秋霸主，乐毅仅用很少的兵力就光复燕国，攻占了齐国七十多座城池，而你家老板'三顾茅庐'请你辅佐他，现在却被曹操打得屁滚尿流，你有什么资格自诩管仲、乐毅呢？"张昭讲的都是事实，而且戳中的是诸葛亮的痛点。诸葛亮当然不愿正面否定自己，而是避实就虚地说道："我西蜀集团处于创业初期的艰难阶段，实力不足也不奇怪，但我们还是干出了'博望火攻''火烧新野'这些经典案例，你还想我怎么样？"诸葛亮的意思是，我现在虽然还没有成为管仲、乐毅，但已经在成为他们的路上了；我们实力虽弱，但市场上还是有西蜀集团的一席之地，你还嫌我不够努力吗？

虞翻问诸葛亮："大魏集团就是现在的独角兽，兵多将广，我们如何才能打赢这一仗？"诸葛亮嘿嘿一笑："曹操人多但战斗力不行，不足为惧！"虞翻顿时无语，冷哼道："你们西蜀集团都快被曹操打灭亡了，你还说他战斗力不强吗？"诸葛亮大笑："就算打不赢曹操，我们备哥也不会投降。我们打不过曹操，但你们东吴集团有钱有人，你们可以打啊！反正我们备哥是不怕曹操的！"诸葛亮的回答不仅化解了蜀国打不过曹操的尴尬，还通过不降的决心反将东吴，你们东吴可以和曹操抗衡，难道你们要投降吗？

世间只有一个诸葛亮，不是每个人都可以在口才方面达到他的高度。但诸葛亮在雄辩过程中展示的胆识、学识、技巧以及心理素质，的确值得我们学习和借鉴。

第二诀 『口』字诀

你也许不懂赵匡胤的温柔

与态度顽固的人沟通，有时要善于打感情牌，"动之以情，晓之以理"，以柔克刚的话术往往比强硬的语气更能攻破对方内心的城墙。

公元961年7月9日傍晚，大宋赵氏集团的月度工作计划会议刚刚结束，董事长助理兼CEO赵普就将从各地回总部参加会议的大区老总们留了下来。

"几位常年在外为集团打拼辛苦了，老板今晚给你们加鸡腿，好酒管够！"赵普笑嘻嘻地说道。

大区老总们非常高兴，他们很久没有陪赵老板喝一杯了，都觉得老板体恤他们，很有人情味，跟对了人。

赵匡胤安排自己的专车把大区老总和赵普一起接到了自己的别墅里。当晚参加这场聚会的大区老总包括：赵匡胤的义兄石守信、赵匡胤的妹夫高怀德、赵匡胤的义弟王审琦、赵彦徽以及赵匡胤的亲家张令铎。

晚宴在一片温情脉脉、兄弟情深的氛围中开始了，赵匡胤拿出了自己私藏了十年的好酒招待他们，还专门安排了美女歌舞助兴。

赵老板酒兴十足，举起杯子频频劝酒，还不停地和这些高管回忆当初他们一起创业的往事。但酒过三巡，刚才还很开心的赵老板突然面容忧虑，开始唉声叹气起来。

一向最受老板器重的石守信见状连忙问道："董事长，我们大宋赵氏集团的事业现在蒸蒸日上，还有什么让您忧心的事情吗？"

赵匡胤将酒杯递在嘴边，想要抿一口，却又异常沉重地将它放下了。他有些迷惘地盯着众人，问道："现在是我坐在董事长的位置上，但我的好兄弟，你们扪心自问，难道你们就不想坐这个位子吗？"

老板突如其来的这句话，让这些大区老总们立即变得非常清醒和敏感：看来老板不放心我们这些放养在外的高管啊！他们接连表示，董事长的位置永远是老板的，大宋集团的法人永远姓赵，他们都愿意一生辅佐老板，让赵氏集团成为百年企业。

赵匡胤感动得热泪盈眶，他又举起酒杯，说道："来，为我们一辈子的兄弟情义干杯！"

正当大家以为老板的心结已经打开，可以继续开开心心喝酒时，谁知老板话锋一转，严肃地说道："你们几个都是我的好兄弟，我当然相信你们不会背叛我。但你想过你们的下属吗？如果有一天，他们也想要拥有你们现在的荣华富贵，给你们也来一个黄袍加身，你们该怎么办呢？"

对于这个问题，这些手握实权的大区老总们还真没有想过。他们顿时面面相觑，不知该如何回答，只好离开位置，一起给赵匡胤跪下。

赵匡胤将他们一一扶起，让他们重新入座，说道："你们不仅是我的好兄弟，还是我们大宋王朝的创始人。这些年你们跟着我创业辛苦了大半辈子，为国家立下了汗马功劳，却还没有享受过一天清闲。现在集团各方面都步入正轨了，你们也该回家歇一下了。集团会送给你们每个人一栋大别墅，补足你们提前退休的薪水，继续给你们买养老保险，每年的股份分红也一分不少，兄弟们觉得怎么样？如果你们没有什么异议，明天开会时，你们就自己提出辞职，到时集团会给你们开一个隆重的欢送会！"

大家这才茅塞顿开，明白了老板的用意。但老板话都说到这个份上了，他们还能怎么样呢？

酒宴结束之后，赵普又去了他们入住的酒店，挨个找他们谈心，再一次提醒他们，如果明天不主动辞职，退休待遇就会减半。

第二天的董事长办公会上，这些大区老总果然都以身体不好为由，纷纷向赵老板提出辞职。

这就是历史上著名的"杯酒释兵权"！为了削弱北宋初期的藩镇权力对中央集权构成的威胁，赵匡胤利用一个酒局和他在酒局上那些表面温情卖惨实际暗藏杀机的话术，让这些手握重兵的开国功勋乖乖地交出了兵权。试想，如果赵匡胤采用强硬的态度收回兵权，不但会伤了兄弟感情，失去人心，甚至可能引发叛乱。

他没有学习刘邦逼着韩信造反，也没有像后世的朱元璋那样，对开国功勋无情地滥杀，而是利用感情牌巧妙地化解了北宋初期的一次最大的政治危机。

赵匡胤的确是中国历史上少有的性格比较温和的开国皇帝，他总能使用绵里藏针的话术来摧毁对手的心理防线，实现自己的目的。公元974年，赵氏集团启动了兼并南唐的计划。南唐后主李煜为了能多给自己争取一些创作流行歌曲的时间，便派了两个口才好的高管周惟简和徐铉到汴京出差，希望二人能够凭三寸不烂之舌劝说赵老板放弃他的企业扩张计划。

赵匡胤很客气地接待了二人。徐铉非常懂礼节，他不紧不慢地对赵匡胤说道："赵老板，我们李老板没有犯什么过错，您这么急迫地想合并他的企业是不对的。"赵匡胤也不生气，让他说一个理由出来听听。徐铉早就想好了说辞，胸有成竹地说道："我们老板好比是地，赵老板您好比是天。我们老板好比是儿子，赵老板您好比是父亲。既然天都可以盖住地，您作为父亲也应该宽容您的儿子。"

徐铉果然是一个人精，他先是主动服软，自知南唐集团的实力不如赵氏集团，所以才主动将自己的老板说成是地和儿子，将赵匡胤尊为天和父亲，算是给足了赵匡胤面子，让赵匡胤不好撕破脸。接着他又打出了感情牌，既然天都能包容地，你作为父亲难道不应该庇护自己的儿子吗？为什么反而还想夺儿子的企业和财产呢？徐铉对自己的这番辩解颇为得意，他偷偷地瞅着赵匡胤，要看他如何应对。

赵匡胤果然没有生气，而是露出了一副十分痛苦的神情，沉默了很久，他才幽幽地说道："既然我和李煜情同父子，我如何忍心我俩还要在两个地方吃饭呢？"说完，他轻轻地擦拭了一下眼眶，鳄鱼的眼泪真的差点掉下来了。

赵匡胤的弦外之音，徐铉怎么会听不懂呢？既然你都说我是李煜的父亲了，为什么李煜不来汴京和我在一张桌子上吃饭呢？徐铉顿时目瞪口呆，他内心还准备了一大堆说辞，此刻却一句话也说不出来了。

在场的所有赵氏集团高管无不为老板竖起了大拇指，想不到我们老板不但口才这么好，而且还是如此温柔地就把南唐的说客给呛得哑口无言了。这时，徐铉旁边的周惟简也不知道该说些什么，于是从怀里掏出李煜亲自写给赵匡胤的一封信，呈交给赵老板。赵匡胤认真地看完信，摇了摇头，对二人说道："李老板文采出众，讲的这些大道理太深奥了，我看不懂，你们还是让他亲自到汴京指教我吧。"

徐铉和周惟简彻底没招了，只好灰溜溜地回南唐复命。李煜知道两个人已经尽了全力，并没有处罚他们。

等李煜的说客离开之后，赵匡胤反而加快了吞并南唐的计划。眼见宋朝的军队就要打到南京总部了，李煜仍然对赵匡胤抱有幻想，又派了徐铉和周惟简去向赵匡胤求情。再次见到赵老板，徐铉首先道歉，说道："我们李老板是懂得礼数的，本来这一次他是想亲自来见您的，不幸的是他前几日创作歌曲熬夜病倒了。"

赵匡胤非常关切地问了一下李煜的病情，徐铉假装解释了一番。他知道自己说不过赵匡胤，所以这次来本就没有打算与赵老板斗嘴，只是将自己提前编好的一大段感人肺腑的话照本宣科地背了一遍。徐铉是李煜欣赏的才子，煽情还是很有一套的，说到最后竟然把自己都感动得泣不成声。赵匡胤一看，这家伙入戏太深了，便叹息道："徐总不要再说了，您再说我都快哭了。你们江南能有什么罪过呢？现在天下都成了一家人，在我的床边怎么能允许他人睡觉打鼾呢？"

赵匡胤这句话的原文是："卧榻之侧，岂容他人鼾睡乎！"直到今天，这句话也是经典。越深奥的道理，越要用最简单的话说出来。就算你的言辞再华丽，也抵不过一句人之常情的大实话。没有谁能允许别人在自己的床边穿着臭袜子睡觉，同样的道理，也没有谁会允许别人在自己的经营范围内另外成立一家公司抢生意！

徐铉和周惟简再次碰了一个软钉子，只是这一次，他们的内心已经绝望了：看来南唐集团真的要破产了。一个月后，公元 975 年 11 月 27 日，曹彬率领的北宋大军攻陷南京城，李煜向赵匡胤递交了降书。随着南唐集团的破产，赵匡胤的企业兼并计划就只剩下吴越集团了。

与高手过招，不一定非要大动干戈，有时"硬刚"反而没有任何胜算。只要能以最低的成本得到最高的回报，以柔克刚也许是最轻松、最有效和最安全的做法。这就是说话温柔的宋太祖带给我们的与人交流的智慧。

第三诀

『月』字诀

行动守时间，日久见人心

　　"时间就是金钱"，这个简单的道理我们都懂。但真正让我们像追逐金钱一样索取时间，做起来却十分困难。所以，时间也是一把双刃剑，如果我们能真正利用好它，它就会成为我们的朋友，帮助我们成为赢家；如果我们总是无视它，糟蹋它，它就会变成我们的敌人，成为通往成功路上的最大障碍。珍惜时间，利用好时间不是一句空话，需要用实践来证实。无情最恨东流水，暗逐芳年去不还。日月逝矣，岁不我与。通往成功的那条路，本身就是对时间且行且珍惜的一条路。所以，最现实的办法就是把握好每一个当下，把握每一寸光阴，不留遗憾地过好每一天，自然就能赢得未来。

早起的祖逖有"虫"吃

只有珍视时间的人才会习惯与时间赛跑，因为他们知道属于创业和生命的时间本来就有限，如果落后时间太多了，一生将留下壮志未酬的遗憾。

公元313年，在山西小城阳邑的晋军大营，虽还没有入秋，北风却让人感受到一股浓浓的凉意，四十三岁的并州刺史刘琨挑灯伏案，对着一张军事地图冥思苦想如何才能击退胡人，收复一年前被他丢掉的晋阳城。

这时，卫兵牛二进来给他的火盆加炭，一眼看到领导床间的枕头上放着一把短戈。牛二走过去，刚拿起这把武器，就听到刘琨的呵斥："放下！"

牛二脾气有些倔，委屈地说道："领导，我就不明白了，你每天晚上睡觉都要枕着这把铁戈，你是担心牛二不能保护你，怕那些胡人半夜刺杀你吗？"

刘琨走过来，从牛二手中拿过这把短戈，严肃地抚摸着，说道:"你办事,我放心,不过你一个大头兵怎么会懂得我的担忧呢?"

牛二给领导倒了一杯热茶,递给他,说道:"你告诉我,我不就知道了吗?"

或许是长夜漫漫,内心太寂寞了,刘琨突然想找个人说说话,他拍了拍牛二的肩膀,说道:"小牛你坐下,我给你讲个故事。听了这个故事,你就明白我为什么每晚都要枕着短戈睡觉了。"

牛二高兴地坐下来,这可是难得的和领导拉近关系的好机会,于是他用双手托着腮,瞪着两只天真无邪的眼睛,认真地听着。

"我年轻的时候,有一个叫祖逖的哥们儿,那时我俩都在司州给领导当秘书。我俩性格相像,兴趣相投,感情好到只是没有同穿一条裤子。每晚,我们都盖着一床被子,同床而眠。我这个哥们儿志向远大,非常勤奋。一天,我睡到半夜,突然被他喊醒,问我是否听到外面公鸡啼叫的声音。我一看时间才凌晨四点,觉得公鸡扰了睡眠,未免可恶。可他却说公鸡鸣叫并不讨厌,这是上天在激励我们上进,就把我拽起来和他一起练剑。久而久之,我们就养成了鸡一打鸣就起床练剑的习惯。"

牛二无比钦佩地应和道:"难怪领导不到四十岁就做刺史了,原来年轻时就这么刻苦奋进,我一定向领导学习。"

刘琨脸上充满了微笑,这个马屁精孩子就是招人喜爱。但他很快变得严肃起来,说道:"那时,我和祖逖就立志要赶走胡人,收复中原。我们相互约定,不管谁先建功立业走在前面，另一个人不能落后，必须快马加鞭地追赶！现在我听说祖逖要准备北伐收复失地了，而我却把晋阳城弄丢了，躲在阳邑这个小地方虚度光阴。我担心他比我先取得成功，所以才放了这把铁戈在枕头上，每天晚上睡觉提醒自己不要偷懒，不要输给了祖逖。"

在刘琨给他的小兵讲述"闻鸡起舞"和"枕戈待旦，先吾着鞭"的故事时，他的好哥们儿——四十七岁的祖逖正带着几百人组成的军队踏上了北伐的征程。祖逖和刘琨的老板——东晋集团第一任掌门人司马睿不想打击祖逖的热情，于是假意答应他北伐的请求，但内心一心想着去江南创业，只是象征性地给了祖逖一个奋威将军的名号和豫州分公司总经理的虚职。他对祖逖说："现在我们是创业初期，需要用人用钱的地方还很多，为了表达我对你的支持，我拨给你一千人吃的干粮和三千人穿的盔甲，至于你去北边创业的人员和本钱，只有你自己想办法了！"

祖逖带着老板开的这张空头支票，将自己当年从北方逃难回来剩下的几百个忠实员工召集起来，宰了一只鸡祭旗，他收复中原向北创业的梦想就算正式起航了。所以，打从一开始，祖逖的北伐就像一个天方夜谭的笑话，除了刘琨，没人相信他能成功。但在祖逖心里，世界上就没有解决不了的困难，只有解决不了困难的人。他已经快五十岁了，耽搁不起，年轻时就因为不懂事浪费了好多时间，后来"闻鸡起舞"让他深深懂得光阴可贵。

祖逖率领自己的创业团队在京口渡江，沿着长江北上。这艘装着梦想和希望的大船行驶到江面中央，祖逖站在船头，湿润的江风吹乱了他花白的头发和胡须，却吹不乱他坚定的信念。他凝望着江水如同时间一样滚滚东去，眼前浮现着破碎的山河以及正在遭受涂炭的百姓，又联想到自己此时艰难的处境和大半生壮志未酬的愤懑，顿时豪气万丈。他用手猛烈地敲打着身旁的船桨，船桨不断发出有节奏的响声。"我祖逖在此发誓，如果余生不能平定中原收复失地，就如同这条大江有去无回！"这就是中国历史上著名的"中流击楫"的场景。

祖逖渡江之后，将淮阴作为创业的大本营。当时的淮阴属于一个三不管地带，北方的竞争对手还没有来这里开分公司，东晋王朝也没把这里当回事，祖逖正好可以在此白手起家。于是，他就用老板给他的一千人的口粮和三千件军服的原始股，好不容易招了两千多个实习生和临时工进行培训。但很快老板赞助的原始股就花光了。于是，祖逖又想出了屯田的办法，自己生产粮食，打造兵器。三年后，祖逖终于取得了创业以来的第一份收获，拥有了大片良田，团队也越来越壮大。而且，这期间他还不断和胡人的武装发生小规模冲突，积累了很多实战经验。

功夫不负有心人，经过四年多的艰苦打拼，祖逖率领的创业团队收复了黄河以南的大片失地，让羯族石勒建立的后赵集团不敢向南扩张。就在祖逖享受创业初成的第一份喜悦时，他却收到了好哥们儿刘琨遇难的噩耗。公元317年，刘琨在幽州因为受到段氏鲜卑族的内乱牵连入狱，被东晋集团的权臣王敦假传圣旨秘密处决。祖逖回忆着当初与好兄弟同床而眠、闻鸡起舞的那些热血沸腾的青春岁月，想到刘琨这头来自南方的狼这些年一直孤独地守在北边为东晋集团鞠躬尽瘁却不得善终，心中升腾起一种兔死狐悲的悲壮感，隐隐意识到自己的北伐事业很可能功亏一篑。

祖逖的担忧果然变成了现实。他北伐创造的优异业绩非但没有得到东晋集团的认可和表彰，反而遭到老板司马睿的猜忌。公元321年，正当祖逖厉兵秣马准备收复河北的失地时，司马睿从集团总部派戴渊担任北方六个分公司的大区经理。戴渊变成了祖逖的垂直领导，他不但在业务上处处刁难祖逖，还扼断了祖逖进军河北的后路。祖逖继续北伐的计划最后只能终止了。眼看自己的事业就这样无疾而终，五十六岁的祖逖忧愤成疾，于公元321年9月病死在自己的分公司。祖逖死后，北方的游牧民族政治集团纷纷卷土重来，重新占领了被祖逖收复的河南和淮河流域的广大地区。中国也就此逐步形成了南北朝对立的割据局面。

虽然祖逖北伐创业最终因东晋集团复杂且激烈的内斗而功亏一篑，但祖逖"闻鸡起舞"和"中流击楫"留下的美好历史记忆，却一直激励着后来人为了事业和理想珍惜时间、奋发图强。只要我们像祖逖那样勇于和时间赛跑，真正全力以赴过，哪怕最后依旧壮志未酬，也不算留有遗憾了。

董遇"三余"管理时间

> 闲暇的时间如同碎片，就像掉在地上的一个硬币，很少有人会去拾起它。但善于管理时间的人，往往能利用这些时间碎片干出一番事业。

这年清明节前夕，艳阳高照，曹魏集团霸道总裁曹操带着一群高管到西边视察工作时，经过一个叫孟津的地方，刚好弘农王刘辩的墓地就在此处。刘辩是汉献帝刘协同父异母的哥哥，生前曾经做了不到一年的大汉刘氏集团的董事长。

这时曹操遇到一个难题，不知该不该去给刘辩上一炷香，毕竟自己曾经也在刘氏集团的企业打过工。这次出来视察，他安排了头条记者跟踪报道。如果不去拜祭刘辩，别人就会说他没有人情味；如果拜祭刘辩，又有失他现在霸道总裁的大佬尊严。反正不管怎样，这些善于制造热点吸引眼球的媒体记者们都会拿他说事。

于是曹操就把这个两难的问题抛给随行的那些高管，看他们有什么应对之策。这些高管很快起了争执，有人建议：
"老板，您还是去烧炷香吧，反正买祭品也花不了您几个钱，
财务部还可以报账，您要是不去，那些狗仔队就会说您太冷
漠势利了。"也有人说："老板，您是我们曹魏集团的董事
长，是独角兽企业的掌舵人，未来天下都是您的，完全没必
要自降身段去给一个早已破产的企业老板上香。"

曹操皱起眉头，觉得他们的理由都有很多漏洞，站不住
脚，于是决定先打道回府，反正离清明节还有好几天，他可
以好好思考一下再做决定。

这件事不知怎么就传到了汉献帝刘协的耳朵里。当时汉
献帝早已被曹老板邀请到了曹魏集团的总部许都，白吃白住，
吃饭管饱，美女管够。另外，担心刘协无聊，曹老板还体贴
地给他安排了很多陪读，每天陪着他聊天、斗地主。这些陪
读中有一个叫董遇的儒生，也从汉献帝的牢骚中知道了曹操
的难题。

第二天早上，曹操正在开高层会议，董遇跑来求见，说
他可以解决曹操的这块心病。曹操看着这个一线底层员工，
觉得眼生。

"说说你的看法，说得对，我给你升职加薪；倘若说错
了，这个月的绩效就没有了！"

董遇不慌不忙地说："我认为董事长您不应该去拜祭刘
辩，因为《春秋》这本书里有一句话，一个皇帝任职未满一
年就死了，就不能算真正意义上的皇帝。这位刘辩的情况就
是这样，接班董事长的位置没到一年时间就被董卓逼着自杀
了，况且他在位时不过是个摆设，算不得一个好老板，所以

董事长您完全没必要去给他上香。"

曹操一拍大腿，顿时眉开眼笑，对着众人说道："看看你们一个个衣冠楚楚的，见识还抵不过一个普通员工！你们就是书读少了！好好向人家小董学习！"就这样，他对董遇越来越重视，逐渐把董遇提拔为一名中层干部。

"书到用时方恨少！"从小就喜欢读书的董遇终于尝到多读书的甜头。在读书这件事上，董遇确实值得我们学习。董遇出生在一个贫穷家庭，东汉末年，天下大乱，民不聊生，少年时的董遇生活就更苦了。为了让自己吃一口饱饭，他在田里给人家做过苦力，走街串巷送过外卖。但不管他做什么事情，怀里总会揣一本书，一有空就拿出来读。甚至遇到下雨天，打着伞走路也在看书。他的哥哥很看不惯他读书，经常嘲笑他"百无一用是书生"。董遇还是坚持自己的做法，最后成为三国时期的大经学家和曹魏集团财务部长。

董遇通过勤奋读书，最终实现逆袭，导致很多粉丝都登门向他请教成功的方法。他的一个老乡也喜欢读书，但总感觉时间不够用，于是也来向他请教。董遇给老乡泡了一杯茶，问道："年轻人，一本书你会读几遍？"老乡很谦虚地回答："三遍。"董遇又问道："真的只读三遍？"老乡不明白董遇的用意，点头说道："千真万确。"董遇叹息一声，说道："喝完这杯茶，你还是回老家种地吧。"

老乡一脸蒙，充满疑惑地问道："董哥，你这是什么意思？"

董遇也不想他太难堪，解释道："年轻人，你还没有领悟到读书做学问的精髓。很多人像你一样，来问过我读书的方法，其实这里面没有什么秘诀，我只不过是每篇文章都要读一百遍。如果一篇文章你不读上百遍，你就很难真正领悟它的内涵。"

老乡立即瞪大了眼睛，不可思议地说："一篇文章都要读一百遍，我的天啊，董哥您有那么多时间吗？"

董遇哈哈大笑，说道："时间满地都是，就看你是否懂得利用了。我给你举个例子，寒冬腊月，大雪纷飞，不能去地里干活，很多人都在家里烤火打麻将，我却用这些时间读书；夜晚的时候很清静，很多人躺在床上刷抖音，我也用这些时间读书；下雨天路上泥泞难行，很多人也不会出门工作，我还是用来读书。这些时间都是我们可以用来读书的啊。我把它们总结为'三余读书时间'，即冬者岁之余，夜者日之余，阴雨者晴之余也！"

这就是时间管理大师董遇用自己一生的学习经历总结的"三余时间"。所以，不要抱怨没有时间，不需要你每天像挤牛奶一样挤时间，只要把那些被你忽略的空闲时间利用好，足以让你做很多有用的事情了。

欧阳修"三上"著美文

合理利用碎片化时间，不仅可以让我们有更多的时间做事，还可能在这些看似不起眼的时间中灵光乍现，找到解决困难、成就大事的那把钥匙。

公元 1071 年夏天的一个晚上，月光如洗。颍州郊外的一座乡村别墅里，六十五岁的退休老头欧阳修坐在花园里，跷着二郎腿悠闲地喝着小酒。这位曾经叱咤北宋文艺圈的大文豪已经是一个糖尿病晚期患者，身体每况愈下，但他的心态非常乐观。他凝望着洁白的皓月，回想自己骄傲的一生，不禁感慨万分。

多喝两杯酒，欧阳修突然有些内急，他慢慢站起来，带着几分醉意朝旁边的卫生间走去。撒完这泡尿，欧阳修顿觉浑身上下通透轻松，大脑突然习惯性地闪过一道灵光。兴奋的欧老赶紧提好裤子小跑到酒桌边，提笔犹如神助，在一张废纸上写下了这首《采桑子》："十年前是尊前客，月白风清。

忧患凋零。老去光阴速可惊。鬓华虽改心无改，试把金觥。旧曲重听。犹似当年醉里声。"

这首《采桑子》写于欧阳修去世前一年，有点欧老对自己一生做盘点的味道。他回忆起十年前自己身为大宋集团常务副总裁时创作《醉翁亭记》的那段高光日子，还是觉得现在这种月白风清的生活最轻松平淡，让他感到快乐。但很快他又感慨自己正在凋零的生命就像光阴一样一去不返，隐约间又有几分失落悲凉。但自诩"醉翁"的他怎么会因为时光的流逝而痛苦消沉呢？喝一杯老酒，听一首老曲，历经千帆后，归来仍是少年。

面对疾病和死亡，垂暮之年的欧阳修还能如此洒脱，得益于他对时间的独特感悟。他这一生都在为大宋赵氏集团的事业忙碌，很少有业余时间，却创作了五百多篇散文和八百多篇诗作，成为北宋文坛最高产的文学家之一，是北宋当之无愧的文坛盟主和诗文革新运动的发起者及领袖。很多人十分困惑，位高权重的欧阳公日理万机，哪有这么多闲情逸致来搞文学创作呢？

欧阳修四岁时，父亲就去世了，小时候过了很多苦日子。母亲郑氏望子成龙，家里没钱买笔墨，她就每天用荻秆在沙地上教欧阳修读书写字。在母亲的悉心教导下，欧阳修从小就知书达理，勤奋苦读，而不是像其他孩子那样在游乐场度过了童年的美好时光。

欧阳修曾经和同事谢希深一起编修古史，闲暇时探讨起人生的成功秘诀。春秋时期有一个叫钱思公的富二代，一生除了读书没有其他爱好。他曾经对下属说："我这一生偏爱读书，坐着时就翻翻经书和史书，躺在床上就看看那些杂记，上厕所时读一些短小的诗词小令。每天几乎没有半刻离开过书。"

欧阳修对这位钱思公非常赞赏。谢希深笑道："修哥难道不知道吗？我们史学院的宋公垂也是一条书虫，也是像钱思公那样好学，每天上厕所都要带着书，一边方便一边朗读，老远都能听到他从厕所里传来清脆的读书声。"欧阳修哈哈大笑，附在谢希深耳边，故作神秘地说道："我也告诉你一个秘密吧，我这一生创作的这些文章，大多数都是在'三上'的时间里写出来的。"谢希深急忙问他是哪"三上"，欧阳修笑嘻嘻地回答："马背上、枕头上、马桶座上。可能我也只有这些时间才能构思，找到灵感吧！"

这就是欧阳修管理时间碎片的"三上"，和前文中董遇的"三余"是不是有异曲同工之处？公元1067年，欧阳修将"三上"的人生成功秘诀写进了自己的《归田录》，原文为："余平生所作文章，多在三上，乃马上、枕上、厕上也。"一个人的成功不仅是因为他多么聪明或多么勤奋，还在于他对时间的合理管理与运用。欧阳修充分利用时间碎片的"三上"成文的办法，就是最好的体现。当你花大把时间专注于某件事时，很可能会筋疲力尽，导致思维枯竭，恰恰是在吃饭、睡觉、上厕所这些空闲时间，人的心情最放松，思维最活跃，这时思考问题就会有很多灵感。

除了"三上"，欧阳修文学创作时还有一个"三多"的习惯，那就是"看多、做多、商量多"。通过"三多"同样能够让写文章的时间事半功倍。欧阳修在创作完《醉翁亭记》

初稿之后，亲手誊写了很多份，让人拿去张贴在学校、菜市场、娱乐场所这些聚集人气的墙上，让路人阅读后提出建议。欧阳修因此收到了很多粉丝的合理建议，他根据这些建议对文章反复斟酌修改，最后将这篇文章精炼到四百字。在初稿的开篇中，他原本用了几十个字来描写滁州的壮丽山景，但精炼之后只留下"环滁皆山也"区区五个字，如此开篇见山，反而尽显简练凝神。

当我们做一件事钻进死胡同时，不妨学习一下欧阳修"三上"用时法，也许一个帮助你成为人生赢家的灵感就在马桶盖上诞生了。

西天苦行十七年，取得真经成圣僧

对时间的最大尊重就是贵在坚持。任何成功都不是一蹴而就的，都需要时间和过程。不积跬步，无以至千里；不积小流，无以成江海。急于求成往往会让人心态失衡，一旦遇到挫折就会半途而废，如此一来，你之前付出的一切努力都是浪费时间。

公元 615 年，在洛阳举行的一场特殊的"公务员"考试吸引了数百考生前来参加，成为当天轰动洛阳城的头条新闻。大隋集团董事长隋炀帝杨广计划从这些考生中挑选十四人剃度为僧。

几百名考生争抢十四个做和尚的名额，竞争可比今天的高考惨烈多了。在那个兵荒马乱的时代，老百姓吃不饱穿不暖，出家为僧无疑是一条很好的出路，既能躲避战乱，还可以衣食无忧，堪比铁饭碗。

大理寺卿郑善果是这次的主考官，忙得焦头烂额的他突然在考生中看到一个面容清瘦的小男孩。他拼命地往前挤，想给自己抢一个好位置。

郑善果皱起眉头。按照大隋的律法，只有年满十八岁的男人才有资格剃度出家，这个小屁孩凑什么热闹呢？他连忙让人把小男孩请出考场，可这小男孩就是不肯走。

郑善果走到他面前，严厉地问道："你是哪家的孩子？为什么来考场捣乱？"

小男孩毫无惧色地回答道："回领导的话，我叫陈祎，家住洛阳缑氏镇。我的先祖陈寔是当年大汉刘氏集团颍川大区经理；曾祖父陈钦是后魏上党分公司的总经理；祖父陈康学问高深，是北齐大学的教授，在洛阳有自己的庄园；家父陈惠，曾是大隋集团江陵公司的业务主管，后来因生病就提前退休回家了。"

这个叫陈祎的小男孩骄傲地介绍着家族曾经的荣光，这倒让同样出生在荥阳世家大姓郑氏的郑考官有点欣赏他的胆识。望着这个身体孱弱却眉目清秀的小男孩，郑善果大概猜到了他来此的目的。

"陈祎，你也想出家做和尚吗？"

"是的领导，我知道自己学习佛法的时间还不够长，学问也不深，可能没资格参加今天的考试。但我还是恳请领导给我一次锻炼的机会。"陈祎朗声回答。

郑善果微笑着继续问道："那你告诉我为什么想做和尚？你要明白，一旦剃度就不能结婚生孩子了，一辈子都只能在寺庙苦修。"

陈祎神色坚定地回答道："意欲远绍如来，近光遗法！"

翻译成今天的话就是，我出家是为了继承如来佛祖的志业，将他传下来的佛法发扬光大！

郑善果浑身一震，想不到这个小屁孩志向竟然如此远大。他非常高兴，于是破格录取了只有十三岁的陈祎。陈祎很快在寺庙接受剃度，法号玄奘。

当时小小年纪的玄奘哪里懂得什么弘扬佛法，他来洛阳报考和尚，纯属为生计所迫。他的祖上的确如他所言，曾经拥有过无限的荣光。然而自从父亲陈惠因看不惯大隋集团的职场腐败辞去江陵县令之后，玄奘的家族就彻底衰败了。玄奘的父母在他七岁时就先后去世，后来，在寺院出家的二哥将玄奘接到身边，教他识字并学写一些简单的经书。所以，玄奘十一岁时就能够诵读《法华经》和《维摩诘经》这两本经书，这说明他对佛法还是有一定慧根的。

但玄奘真正入佛门之后，他对佛学的信仰越来越坚定，尤其在亲历隋朝末期战乱不断、生灵涂炭的苦难后，更是萌发了弘扬佛法来拯救苍生的想法。他废寝忘食地阅读经书，参悟佛法。他不辞辛苦，用了六年时间，在战乱中冒着生命危险到全国各地的寺庙游学。玄奘二十一岁的时候，在成都的一座寺庙接受足戒，开始接受佛门各种戒律的约束。年轻的玄奘终于成长为一代高僧。

但在各地游学的过程中，玄奘发现了一个问题，每个地方的法师讲经论道的观点都不一致，有的观点甚至相互冲突。玄奘十分困惑，究竟哪种佛学才是真理呢？如果不能找到这个真理，就不能让正确的佛法得到普及。也许从那时起，玄奘就已经有了寻找"真经"的计划。

可佛学的真理究竟在哪里才能找到？多少个日夜，玄奘苦苦思索，苦苦寻找，依然没有答案和方向。终于，到了公元626年，一道真理的曙光在玄奘的眼前点亮了。

此时的中国已经改朝换代，大唐李氏集团的第二任董事长李世民正在励精图治，打造他的贞观宏图，饱经战火摧残的国家终于变得安宁和平了许多。这天，一个天竺和尚跟着唐朝到中亚访问的外交官一起来到长安讲经。玄奘和很多高僧都前去参加了这一场自大唐建国以来水平最高的佛学高峰论坛。这位天竺和尚讲解的佛法让困扰玄奘多年的疑惑烟消云散。

难道佛法真理的发源地真的在那个叫天竺的国家吗？年仅二十四岁的玄奘按捺不住内心的激动和向往，当时就做了一个大胆的决定，他要前往天竺为大唐的黎民百姓取回真经。

这一晚，玄奘失眠了。天竺和尚提到的真经所在地，即天竺那个叫那烂陀寺的地方，就像一团熊熊燃烧的火焰，照亮了漫长的黑夜。玄奘明白，仅凭自己的一己之力，不大可能去那么远的地方，于是他便想到找李氏集团的老板李世民拉赞助。他怀着激动的心情给大唐的董事长写了一封西行取经的策划书，希望获得官方物质和精神上的支持。但天不遂人愿，装着他这份策划书的快递刚到李县办事处，就被扔进了垃圾桶。官方无情地拒绝了他的建议。

那个时候李世民刚刚接任董事长，国内各种敌对势力还很复杂，李世民为了稳定局势，对各地的老百姓出行都进行严格限制。所以，玄奘想去西域就更不行了。官方的打压没有让玄奘放弃西行取经的念头。两年后，关中突然出现饥荒，李世民不得不放开出行限制，允许灾民外出谋生。公元629年，玄奘混进了灾民的队伍中，独自一人踏上了西行取经的漫长路程。

现在我们很难知道玄奘是否低估了这趟探寻真理之路的艰辛和危险。在《西游记》中，他的化身唐僧靠着四个无所不能的徒弟，一路斩妖除魔，足足经历了九九八十一难，才到达天竺，取到真经。而现实中，要靠他一个人走完一万三千八百里的路，这需要多么强大的毅力和信仰才能做到！换作其他人，恐怕早就半途而废打退堂鼓了！

仅是从长安至凉州这段路程就让玄奘吃尽苦头。李氏集团凉州分公司的老总李大亮听闻玄奘要出关，就没收他的护照强制要求他原路返回。走投无路之时，当地一个法师被玄奘寻找真理的执着深深感动，便派了两个小徒弟护送玄奘秘密出关。为了躲避官兵的捕捉，他们只能晚上偷渡，等到了瓜州时，玄奘骑的马竟累死了。还没等玄奘喘一口气，李大亮捉拿偷渡犯玄奘的通缉令就送到瓜州分公司总经理李昌面前。还好李昌不像李大亮那样古板，他非常尊重玄奘的理想，便将通缉令撕毁放玄奘离开了。

前面的路，只能靠玄奘法师一个人走了。他去集市买了一匹曾经到过伊吾的老马，连夜离开了瓜州。出了瓜州，呈现在他面前的是一片黄沙连天、没有人烟的大漠，玄奘禁不住回眸，看了一眼身后离他越来越远的祖国，咬牙立誓："我玄奘不到天竺绝不东归！"

接下来的六年时间，玄奘穿越沙漠，攀高山涉险滩，九死一生，一共走过一百三十八个国家，终于到达了他梦想中的佛门起源地——释迦牟尼的家乡。这期间，每到一个国家，每经过一个寺庙，玄奘都会深入了解当地的风土人情，交流佛法，传播中国的文化。这些经历为他后来创作《大唐西域记》积累了丰富的一手资料。

然而，历经千辛万苦的玄奘站在佛祖释迦牟尼的故土上时，眼前的一切让他差点崩溃。这里到处都是残垣断壁，哪有什么原版真经的影子？原来，玄奘心目中敬仰的佛祖已经去世上千年，佛祖家乡的人们改信婆罗门教了。你知道这对玄奘法师意味着什么吗？就好比一个留学生千里迢迢地来到自己向往的大学求学时，却发现这所大学早就倒闭了！

这简直太讽刺了！此时要是换作其他人，估计会立即买张回程机票打道回府。但玄奘是一个充满智慧和信仰坚定的人，他花了这么长时间，遭受了这么多苦难才来到天竺，绝不允许自己空手而归。既然在佛祖的家乡没有发现真经，那他就踏遍天竺的每一寸土地，直到把真经找到。

最后，玄奘总算来到他心中另一个圣地——那烂陀寺。虽然当时佛教在天竺辉煌不再，但信仰佛教的人还是有很多。那烂陀寺可以说是天竺佛学的最高学府。玄奘的到来受到当地人的热烈欢迎，他们都被玄奘取经的传奇之旅震撼了，将他视为英雄和佛祖弟子的楷模。

就这样，奔波多年的玄奘终于在那烂陀寺安顿下来，潜心学习这里的佛学经典，最后通晓三藏，被天竺人尊奉为"三藏法师"。这是赋予钻研佛学之人的一个至高称号，足见玄奘在这段时间取得的佛学成果多么杰出。

玄奘在那烂陀寺进修五年后，终于集佛学之大成。在他决定启程回国的时候，天竺国王戒日王专门为他举办了一场盛大的佛学辩论大会。几千名佛教学者轮流向玄奘提问，请他答辩，玄奘答对了所有问题，成为天竺当之无愧的第一佛学大师。佛学辩论会结束后，玄奘带着六百多部天竺的原版经文踏上回国的路程。公元645年，在阔别祖国整整十七年以后，玄奘终于回到了长安。长安街头万人空巷，人们争先恐后地出城迎接这位伟大的高僧，让玄奘享受到最高规格的回归礼节，这一年玄奘四十三岁了。

望着无数民众朝他挥舞的手臂和鲜花，听着他们山呼海啸般的欢呼和赞颂，玄奘情不自禁地流下了眼泪。激动和欣慰之余，他感到无比庆幸，庆幸自己在每个绝境时刻都没有放弃，庆幸十七年的漫长时光终于成就了他的人生和梦想。

晋文公守时退兵反得城

一个对时间充满敬畏之心的人，一定是守时和信守承诺的人。君子一言，驷马难追。及时兑现对别人的承诺，体现了一个赢家的美德，获得的回报也会非常丰厚。

公元前 644 年，晋国姬氏掌门人晋惠公担心流亡在外的哥哥姬重耳回国夺权，派职业杀手勃鞮到重耳母亲的老家翟国追杀重耳。

这是勃鞮第二次追杀重耳。第一次是在十一年前，而雇凶的主谋正是重耳的老爸晋献公。当时老爸给他娶了一个叫骊姬的后妈，这位骊姬长得就像一个狐狸精，把晋献公迷得不要不要的。骊姬为了让宝贝儿子奚齐接班，蛊惑晋献公将法定继承人太子申生和他的另外两个儿子重耳、夷吾派到外地去创业。后来申生被骊姬设计陷害，含冤自杀。重耳知道后十分害怕，就跟着舅舅狐偃、好哥们儿赵衰等人逃到了舅舅的老家翟国，侥幸躲过了老爹派出来的杀手勃鞮的暗杀。

重耳来到翟国后，舅舅担心他寂寞无聊，就将刚刚从邻国廧咎如抓到的两个美女送给重耳。重耳是一个非常讲义气的人，将其中一个美女送给了赵衰，自己留下了更漂亮、年龄更小的季隗做老婆。季隗嫁给重耳时只有十三岁，比他小了三十岁。

在成为春秋第二位霸道总裁之前，姬重耳志向并不高远，他不想卷入家族企业的内部纷争，只喜欢过安稳的逍遥生活。所以，躲在偏远翟国避祸的重耳娶了季隗这个小美女后，小日子过得比神仙还要快活，根本就没有再回晋国的打算。季隗还给他生了两个儿子，一家四口其乐融融。

重耳怎么都没想到自己运气这么差，刚躲过老爸的追杀不久，现在弟弟晋惠公又要派人来杀他。但无论如何眼下保命要紧，于是就和狐偃、赵衰商量准备逃到齐国去。既然是逃命，拖家带口的肯定不方便，重耳只能忍痛割爱，将老婆和两个儿子留在翟国。和老婆离别时，重耳抱着季隗哭了一晚上，他对季隗说道："你一定要等我二十五年，如果二十五年后我还没有回来，你才能改嫁！"季隗依偎在重耳怀里，笑着说："傻瓜，二十五年后，我坟头的柏树都长老高了。尽管如此，我还是会等你来接我和孩子的！"

接下来，重耳流亡到齐国，又辗转来到秦国，在流亡的路上，他一直都没有忘记自己的结发妻子季隗，也没有忘记自己对她的承诺。当然，季隗也信守对重耳不改嫁的承诺，一直在翟国默默地抚养两个孩子，等着老公有一天驾着七彩祥云来接她回家。

后来，重耳在秦穆公的护送下回到晋国，在六十二岁的时候终于接管了家族企业，他第一时间便派人将季隗和两个孩子接了回来。这一天，他老婆整整等了八年。

从姬重耳对结发妻子的深厚情谊可以看出，这位霸道总裁是一个重情守信的君子。

重耳继位不久，洛邑的春秋企业家协会的会长周襄王被弟弟太叔篡夺了王位，逃到晋国请求各大家族企业前来勤王。在晋文公的帮助下，周襄王重新夺回了王位。周襄王为了报答姬重耳，就将自己家族的温、原、阳樊、攒茅四个分公司过户给了晋国。重耳就派魏犨去接管阳樊。阳樊分公司原总经理苍葛根本不给魏犨开门，鼓动公司的员工不要跳槽到晋国："我们效忠的是周王室，现在天子各地的企业被这些诸侯国兼并得差不多了，晋国竟然有脸接受四个分公司。我和姬重耳都是给天子打工的，我怎么甘心成为他的员工？"

于是这位苍总便发动全体员工和全城百姓拿起武器抵抗晋军，誓死不降。魏犨非常愤怒，下令将阳樊包围起来，并威胁如果不投降，一旦攻破城池，不但要让分公司的老员工全部下岗，还要杀光全城百姓。但苍总不吃这套，站在城墙上义正词严地怒斥魏犨："阳樊是天子脚下的土地，里面居住的不是周天子的宗族，就是周天子的亲戚，你们晋国也是给周天子打工的，怎么能忍心用武力威胁和欺压我们呢？"

魏犨感到十分棘手，立即给晋文公寄了一封加急快递，问老板该如何处理这个烂摊子。晋文公收到信，马上加急了一封快递到阳樊，告诉苍葛：晋国和天子同姓，晋国所有企业和生意都是周天子赏赐的，我们不能与企业协会的会长作对。苍总如果担心周天子宗族和亲戚的安危，可以带他们回洛邑，我绝不阻拦。结果，阳樊城里的老员工和一大半百姓都跟着苍葛一起离开了。魏犨这才顺利进城，完成了交接。

经过这次变故，重耳不放心高管的办事能力，决定亲自带着赵衰接管原邑。原邑公司现任总经理原伯贯因为在和太叔作战时吃了败仗，周襄王为了惩罚他，就把他的一个小企业赏赐给了晋国。因此，原伯贯一直对重耳非常嫉恨。所以这一次重耳不得不亲自出马。

原伯贯果然不愿意交出原邑，还欺骗公司的员工和城里的百姓，说晋兵包围了阳樊，把那里的老百姓全部杀死了。那个时候没有网络，信息闭塞，不知道真相的原邑百姓都非常惊恐，发誓要和原总一起战斗，城在人在，城亡人亡。

晋军很快包围了原邑，但重耳想要以德服人，不愿意伤害城里的百姓，就问好哥们儿赵衰有什么两全其美的办法。赵衰说道："原邑的老百姓不愿意接纳我们，是因为不相信我们，只要老板向他们表达您的诚信，原邑就会不攻自破。"

重耳问道："我要怎么做才能展示自己的诚信呢？"

赵衰说道："请老板现在就下令，让每个士兵留下三天的粮食，如果我们三天内不能攻下原邑，就立即撤兵。"

重耳十分赞赏赵衰的建议，看来当年自己没有白送好哥们儿美女。他立即派人将自己的"三日之约"通知了原伯贯和城里的老百姓。

于是接连两天，晋军对原邑都是围而不攻。到了第三天凌晨，几个原邑分公司的老员工用绳索拴住身体，偷偷滑下城墙，来到晋军的军营，对重耳说道："我们已经打探清楚了，阳樊的百姓没有任何人被杀戮，是原总骗了我们。所以我们约定好，明天晚上开城门迎接你们进城。"

重耳立即说道："不可！我与原邑百姓本来就有三日之约，明天就是第三天了，我们既然没有攻破原邑，天亮我就撤兵。你们这些老员工要做好表率，安心守好公司，把百姓们安抚好，千万不要有其他想法。"

一些将领非常不理解老板的想法，纷纷说道："老板，您是不是傻啊？既然原邑的百姓已经约好明晚给我们做内应开城门，您为什么不多留一天把原邑攻破再撤军呢？哪怕我们的粮食不够了，我们也可以很快从附近的阳樊调运过来。"

姬重耳严肃地批评道："你们难道不明白守时和守承诺是一个国家的珍宝和百姓的依赖吗？现在我的三日之约大家都知道了，即使多留一个时辰也是不守时和失信的行为。这样的话，就算得到了原邑，也会失去信义，将来还怎么做生意呢？老百姓和合作伙伴还怎么相信我呢？"

果然第二天黎明，晋军就全部撤退了。眼见原邑解围，城里的百姓无不感动，奔走相告："晋国的老板果然是一个守信之人，他宁愿失去一座城也不愿对我们失言，真不愧为一个仁义有德的好老板！"于是原邑的百姓们纷纷在城楼上竖起了降旗，很多人爬下城墙去追赶挽留晋军。原伯贯见民意都朝向了晋文公，只好开门投降。晋文公遵守三日之约，顺利得到了原邑，为其称霸春秋打下了良好的基础。这何尝不是上天对晋文公敬畏时间、严守承诺的一种奖赏呢？

重耳流亡在外时，从郑国来到楚国，楚成王用对待诸侯国君的礼节盛情款待重耳，这让重耳非常感恩。酒过三巡，楚成王开玩笑地问道："姬总，假如有一天您回到晋国，您会怎么报答我呢？"

重耳举起酒杯说道："我们晋国这几年生意还算红火，国内到处都是珍禽异兽和珠玉绸缎。可熊老板的生意做得更大，也不缺这些东西，我现在也想不好用什么礼物才能报答您今天的恩情。"

楚成王笑道："不行不行，姬总今天必须说清楚日后究竟该如何报答我。"

重耳喝完杯中酒，大声说道："如果将来有一天晋国和楚国出现生意摩擦，我和您不得已兵戎相见，不管什么时候，不管在平原还是沼泽地带，我愿意为了您后退九十里。"

一旁的楚国高管子玉听了，"噌"的一下站起来，拔出宝剑，指着重耳骂道："我家老板待你如贵宾，好吃好喝地招待你，你竟然出言不逊，侮辱我家老板！董事长，请让我杀了他！"

楚成王摆摆手，说道："不得无礼！姬总在外流浪了这么长时间，还如此重情重义。他的下属都是贤才，这就是天意，我怎么能杀了他呢？何况姬总这么说也是对的啊！"

谁能想到，重耳在酒桌上一句"退避三舍"的感恩的话，竟然在多年后一语成谶。公元前632年，晋楚两国果然在城濮发生了战争，楚国的统帅就是子玉。战斗刚开始，晋文公立即下令晋军鸣金退兵后撤九十里。

未战而退，这让大多数摩拳擦掌，准备杀敌立功，多拿年终奖的晋军将士觉得非常窝囊。他们纷纷抱怨道："楚军的统帅不过是一个高管，我们是董事长亲自挂帅，如果是为楚成王后退九十里，我们还想得通，他子玉一个高级打工仔怎么能当得起这份大礼呢？"

重耳的舅舅狐偃安抚他们："当年熊老板对董事长有收留之恩，董事长曾经亲自允诺，不管什么时候见到楚军都要退避三舍。君子的一个承诺值千金，我们怎么能背信弃义呢？如果我们今天不退，就会落人口实，胜之不武。况且后退也是为了避开楚军的锋芒，我们没有什么损失，这难道不是两全其美的事情吗？"

也许狐偃这只老狐狸最后一句话才是晋军后撤九十里的真实目的。"退避三舍，诱敌深入"的策略让晋军大获全胜，完成了中国古代战争史的一场经典战役。这年冬天，晋文公在周襄王的授权下，以春秋企业协会执行会长的名义召集齐昭公、鲁僖公、宋成公、郑文公、蔡庄侯、卫叔武等诸侯国各大企业老板在践土会盟，在这次年会上，重耳正式登上霸主的宝座，成为春秋时期第二位霸道总裁。

后世的史学家认为，在城濮之战中，晋文公不过是打着报恩的旗号退避三舍，麻痹楚军，这是出于战略考虑，真实目的是诱敌深入。但也许只有重耳自己知道，他那样做确实有为兑现自己在楚成王面前承诺的因素。不管怎样，纵观晋文公的一生，他算得上是一个守时重诺，有情有义的明君。

韩信为什么赡养这位婆婆

君子一旦做出承诺，不管这个承诺是对自己还是对别人，都会把它当作一种目标来激励自己。为了让它早日实现，就会更加珍惜光阴，奋发图强，实现人生的逆袭。

又到午餐的饭点了，一身邋遢的韩信在村里游手好闲半天，肚子饿得咕咕叫。他哼着小曲，大摇大摆地朝亭长家走去，一想到亭长老婆做的辣子鸡，他的哈喇子就忍不住顺着嘴角往下流。

韩信身世可怜，父母在他幼年时就死了，一直跟着哥哥嫂嫂生活。由于缺乏管教，韩信十分叛逆，好吃懒做，就连哥哥嫂嫂都嫌弃他，经常给他吃剩菜剩饭。有一天，嫂嫂实在受不了了，就把他赶了出去。

这下韩信更可怜了，只好去亲戚朋友和左邻右舍家蹭饭。天下没有免费的午餐，起码不会天天都有，蹭饭的次数多了，村里人一看到韩信，就赶紧把门关上，像防贼一样防着他。

还好当地亭长见韩信长得人高马大，觉得这娃将来一定有前途，就经常留他在家里吃饭。亭长老婆厨艺特别好，韩信总算吃了几个月美味的饱饭，但他仍然好吃懒做，不思悔改。

这下弄得亭长老婆不开心了，催促老公把韩信赶走。亭长教导老婆，做人要有爱心，反正我们家余粮多，多韩信一个也吃不穷。但亭长老婆已经"吃了秤砣铁了心"，她心想，既然不能明里让韩信走，那就变着招让他自己离开。

所以，当韩信再一次饥肠辘辘地来到亭长家时，惊讶地发现饭桌上只剩一堆鸡骨头。

亭长老婆带着歉意说道："小韩，下次吃饭一定要早点回来，饭菜做好了不吃便凉了。"

可之后不管韩信回来得多早，总是赶不上下一顿饭。韩信虽然不务正业，但内心很敞亮。他觉得自己的自尊心被狠狠践踏了，对着亭长和他老婆哼笑了一声，摔门而去，从此再也没有到过亭长家里。

之后，还有更大的屈辱在等着韩信。几天后，韩信在闲逛时遇到村里屠户的儿子和几个小混混。屠户的儿子早就看韩信不顺眼了，仗着自己小弟多，决定当众霸凌一下韩信。

他和几个小弟拦住韩信的路，挑衅道："小韩，别看你长得人高马大，每天提着一把刀到处耍威风，实际上你就是一个胆小鬼！"

几个小弟也跟着嘲笑："你不仅是个胆小鬼，还到处蹭饭吃，连乞丐都不如。"

韩信嘴角抽搐一下，用力握紧了刀柄。屠户的儿子立即把脖子伸过来，叫道："你要是不怕死，就一刀砍死我；要是怕死，今天必须从我胯下钻过去！"

以韩信的体格和力量，他完全可以轻松搞定这几个小混混，但他站在那里，一动也没有动。

"怕死是吧？那就钻啊！"屠户的儿子已经面朝韩信张开自己的双腿。

吃瓜群众围了一圈，大家不嫌事大，纷纷起哄，鼓动韩信快钻过去。

韩信不停地压抑着内心的屈辱和愤怒，他对自己说："如果今天我连这点胯下之辱都不能忍受，将来还如何能扛住更大的磨难？总有一天，我要洗清今天受到的侮辱！"这么一想，他反而变得坦然了，于是双手匍匐在地上，在吃瓜群众肆意的哄笑声中，从屠户儿子的胯下钻了过去。

"胯下之辱"让韩信痛定思痛，开始反思自己的人生，他觉得不能再这样无所事事地混日子了。韩信打算找一份杂工先养活自己，边打工边学习兵法。但是要想改变一个人的看法非常难，虽然韩信慢慢变得上进了，但村子里的人还是认为他是一个没有志气的小混混，不愿意雇佣他。因此，他的温饱问题还是没有得到根本性改变。

这天中午，烈日当空，饥饿难耐的韩信踉跄着来到河边，想抓两条鱼充饥，但抓了半天连一条虾也没捞到。韩信眼前一黑，就饿晕了过去。

一个正在洗衣服的婆婆见状，连忙把韩信扶到自己家中，给他盛了一碗玉米饭。婆婆家非常穷，做的饭菜也难吃，但这是韩信一生中吃过的最香的一碗饭。他热泪盈眶地给婆婆作揖致谢，说道："有朝一日，我韩信一定要报答婆婆您这顿饭！"

婆婆扶起韩信，语重心长地说道："大丈夫不能自食，吾哀王孙而进食，岂望报乎？"婆婆这是在激励韩信，你一个大男人不能养活自己，我是见你可怜才请你吃饭，哪里需要你什么报答呢？韩信羞愧得脸上火辣辣的，内心却更坚定改头换面的决心：就算是要报答婆婆这一顿饭，我韩信也一定要出人头地！

韩信在这位婆婆家蹭了很长时间饭，婆婆从无怨言，反而鼓励他君子要自强不息。后来韩信果然变得更上进，成了一代战神。他帮助刘邦创业成功之后，内心一直惦记着这位婆婆，派人几经寻找后终于找到了婆婆。

韩信命人取了一千两黄金送给婆婆，真挚地说道："多年前我快饿死的时候，是您给了我一碗饭吃，那时我就承诺一定会报答您，今天我终于可以实现自己的承诺了！"

老婆婆却拒绝了他的好意，微笑着说："我已经老了，活不了几天了，要这么多钱做什么呢？"见婆婆不肯收钱，韩信就让婆婆留在了自己身边，从此以后把他当亲生母亲一样孝顺。

据说韩信后来还专门找到了当年的亭长。亭长老两口一见已经封侯的韩信，吓得瑟瑟发抖。韩信没有为难他们，而是从怀里掏出了一百钱递给亭长，冷笑道："公，小人也，为德不卒！"

同样是报答当年的赠饭之恩，韩信慷慨地给婆婆一千两黄金，却只给了亭长一百文。在他看来，亭长一家用耍手段的方式把他赶走，人品远远比不上婆婆。后世却有人为亭长一家感到不值，他们好吃好喝地收留韩信那么长时间，让韩信觉得这些恩惠理所应当，一旦他们不再帮助韩信，反而招来忌恨。

至于当年让韩信遭受胯下之辱的纨绔子弟，传说韩信也找到了他，但韩信没有找他寻仇，反而给他在军队中安排了一份工作。韩信经常把这段胯下之辱的经历作为励志故事用来教育身边的下属："如果没有当初的胯下之辱，就不会有今天的韩信！"

在韩信墓前的祠堂里有一副对联："生死一知己，存亡两妇人！"这个"知己"就是"月下追韩信"的萧何，"两妇人"就是指当初留韩信吃饭的那位善良的婆婆和吕后。这里我们不讨论韩信内心对亭长老婆、屠户的儿子甚至是自己哥哥嫂嫂曾经的怨恨，只需学习他信守承诺的美德。或许，他就是因为报"胯下之辱"和报"一饭之恩"这两个承诺，才真正懂得了人生的意义，变得自强不息。当他实现逆袭之后，年少时经历的那些屈辱与怨恨，反而变得云淡风轻了。

宋濂挑灯抄书，只为按时还书

凡是答应别人的事情，哪怕是一件微不足道的小事，一定也要按时做到。因为事情越小，越能体现一个君子信守承诺的美德。如果经常因一些小事延误时间失信于人，最后就会彻底失去别人的信任。

朱元璋创业成功后，为了重振在元末战乱中沦陷的社会道德礼仪，开展了一场轰轰烈烈的文化礼仪建设。他把制定明朝礼仪制度的重任托付给了身边最有学问的教授——"开国第一文臣"宋濂。

宋濂是朱元璋的贴身顾问，朱老板和宋濂一样出身贫寒，父母没钱供他读书。为了活命，朱老板还在寺庙里当过和尚。后来朱老板开始创业，读书的时间就更少了。宋濂不一样，他从小就喜欢读书，而且一直都有做学问的志向。等到明朝成立时，宋濂已经是刘伯温口中的"一代名儒"和"当代文章第一"了。

朱元璋为了提升自己的文化修养，经常让宋濂给他讲解《春秋》《史记》这些古典著作。见朱元璋还喜欢读兵书，宋濂又马上纠正，推荐他读《大禹谟》《皋陶谟》这些对治理国家更有帮助的文章。为了让朱元璋懂得一个帝王的经营之道，他又让朱元璋学习《大学衍义》。朱元璋觉得这部书非常好，就让人把它印出来张贴在宫殿外面，号召所有高管一起学习。

宋濂作为礼部尚书和翰林学士，亲自制定了很多明朝的礼仪制度。公元 1373 年 2 月，朱元璋将张维、王羲等几十个全国最有名的专家教授召集到翰林院，让他们拜宋濂为师，协助宋濂编修《大明日历》。很快，宋濂又被任命为大明最高学府——国子监的校长。

宋濂的成功，并不是因为他是一个天才，而是因为他很刻苦，并且持之以恒，还诚实守信。他曾在一次学术交流会上感慨："自少至老，未尝一日去书卷，于学无所不通。"表达了他在做学问上持之以恒的不懈态度。

前面说过，宋濂小时候家里贫穷，父母没有闲钱给他买书，喜欢读书的宋濂就只能和别人借书。每次借书，他都要和书主人约定还书的期限。因为他信守承诺，从没有一次延迟还书，人们都愿意借书给他读。

有一次，宋濂又从朋友那里借到了一本自己期待很久的书，他越看越觉得喜欢，决定将它抄下来方便以后温习。眼看约定的还书时间就要到了，宋濂只好每天晚上不睡觉，挑灯抄书。那时正好是寒冬腊月，家里又没有任何取暖设备，宋濂的手脚冷得长了冻疮。

母亲半夜起来上厕所，看到他还在抄书，就心疼地说："濂儿，天气这么冷，你就明天再抄吧，反正这本书人家又不急着看。"宋濂摇摇头，郑重地说道："不管人家是否着急看这本书，既然我们约定好了还书的时间，就必须准时归还。君子守信，不仅是对别人的尊重，也是对自己的尊重！"最后，宋濂终于凭借坚强的毅力在还书的日期到来之前把这本书抄完了。黄金有价，诚信无价。也许在别人看来，按时还书就是一件芝麻绿豆大的小事，就算推迟一两天也无伤大雅。但在宋濂看来，君子就应该遵循守时和守诺的美德。

为了迅速提高自己的学问，宋濂经常会跑到很远的地方求教那些有名的专家教授。有一年冬天，宋濂又要去百里之外给一个教授当实习生，他提前和这位教授约好见面的日期，哪知天公不作美，临出发时竟然飘起了鹅毛大雪。

母亲看到他挑起行李准备出门，立即劝阻："濂儿，这么冷的天气，你怎么能出远门呢？你就穿这身破棉袄出门，肯定会被冻感冒的。再说，老师那边肯定已经大雪封山，交通管制了，还是等天晴再出发吧。"

宋濂对母亲说道："我和老师已经约好了见面的时间，我要是推迟了就是失信于人，还怎么好意思让他教我学问呢？"

宋濂不顾母亲的劝阻，独自冒着暴雪踏上了求学的道路。因为路途遥远，他的双脚都冻裂了。经历一番千辛万苦的长途跋涉之后，宋濂总算按时到达了这位教授的家里。此时，他早已冷得四肢麻木，全身僵硬，无法动弹。教授非常感动，拉着宋濂的手称赞："年轻人守信好学，你将来一定比我更有出息！"

　　《礼记》有云："不宝金玉，而忠信以为宝。"既然是开口答应了别人的事情，那么，不管遇到多大的困难，都要按时兑现，不能因为事情本身的大小而随意爽约，这才是一个赢家应有的基本素质。

第四诀

『贝』字诀

谋事先修德，见利莫忘义

　　一个人能取得多大的成功，虽然受到能力和才华的影响，但真正制约一个人成就高低的却是他品德的高低情况。北宋程颐的《经说·论语解》："将欲治人，必先治己！"这些都是古人在强调一个人品德的重要性。做人没必要虚伪和自视清高，我们生活在这个世界上，就是不断追求物质满足和精神满足的过程，因为世俗的"名"和"利"这两样东西确实能够保证自己和家人的幸福生活，也是人生赢家的一种外在表现。君子爱财，取之有道。所以，我们要学习君子，追求正当的钱财和名誉。只有我们在面对现实生活中的利益和诱惑时，能够坚守自己道德和法律的底线，才能保证自己不犯错、不忘义、不失德。当然，如果你能像古今的圣贤那样修成大德，你赢得的就不只是普普通通的成功了。

"自私"的孔子

通过正当手段得到的利益，一定要敢于争取。一个人为国家、社会或团队做出好事，就应该获得相应的报酬。正当的自私是一种君子以德谋利的行为，过分的无私反而不利于法律和道德的普及。

天气炎热，河岸柳树上的知了聒噪得人心烦意乱。

子路放下书本溜到河边，扑通一声就跳进了河里，凉爽的河水让他瞬间感到神清气爽。不远处的河中央，几个放牛的小孩也在戏水。子路望着这些无忧无虑的小家伙，想到自己小时候和他们一样顽皮，脸上不由得充满了笑意。

就在这时，子路听到孩子们发出一阵惊恐的求救声："来人啊，救命啊，铁头被水鬼拖下去了！"

子路的水性不算好，几天前，夫子组织同学们举行了一场游泳比赛，他当之无愧地获得了倒数第一名。但此时子路已经顾不了那么多，他奋力地朝小孩溺水的河中央游了过去。

他费了九牛二虎之力，才把沉在河底的铁头救起，拖到了岸边。

村民们闻讯赶来。铁头是家里的独生子，他父母年过四十才生了他，若不是子路挺身而出，家里的香火就断了。

铁头的老爸非常感动，要将自家仅有的一头耕田的老牛送给子路。子路没有推辞，连一句客气话都没有，就把这头牛牵走了。

吃瓜群众纷纷戳起子路的背脊骨，有人讽刺道："都说老夫子的学生知书达理、品德高尚，我看不过是徒有虚名而已。子路这小子就算是救了铁头，也不该把人家的牛当报酬牵走啊。没有老牛，你让铁头家怎么耕地种田啊？"

"是啊，都说见义勇为不求回报，看来我们鲁国的社会风气真的越来越不好了。"

子路才不管别人的非议，他兴高采烈地把老牛拴到了学校门口的树桩上，就回教室上课了。

这件事也早已传到同学们耳边，于是大家纷纷指责起子路，说子路败坏了老夫子的名声。

子路觉得很委屈，就去找夫子评理。孔子在了解事情的经过后，竟然在课堂上表扬起子路的行为。孔子说道："现在我们鲁国人都不怕落水了，因为不管谁落水，一定有人会像子路一样见义勇为的。"

同学们都不理解夫子的话。孔子捋着飘逸的胡须，柔声启迪着他的弟子们："见义勇为是一种高尚的君子行为，子路勇救落水者值得鼓励和表扬。而且，子路接受奖励的行为同样值得我们学习。子路不顾自己水性不好去救落水的铁头，他不但付出了劳动，还面临生命的危险。所以当对方把牛送给他时，他可以接受，也可以不接受，两种做法都无可非议。但是，如果每次善举都得不到报酬，就会让做好事的人心寒，今后还有谁愿意见义勇为呢？"

孔子的一番解释，让弟子们茅塞顿开。生活中，像子路救溺这样的事例太多了。一些人明明做了好事，或见义勇为让自己利益受损甚至牺牲了生命，但被帮助者有时非但不加以感谢，反而保持沉默，甚至反咬见义勇为的人一口。如果不对做好事的有德之人给予奖励，又怎能期望打造人人互帮互助的社会风气呢？

所以在孔子眼里，子路接受报酬的行为就是一种正当的自私，是君子以德获利的典范。

孔子最有钱的学生当属子贡了。或许是有财大气粗的资本，子贡经常会仗义疏财。他不仅包了同学们的奶茶，还经常接济那些贫穷的人，在当时享受着很高的声誉。

当时鲁国的国力逐渐衰败了，很多鲁国人为了谋生就偷渡到海外去淘金。这些鲁国人到了国外以后发现被骗，有的干脆自甘堕落，干起了不法勾当。而那些良心未泯不愿意同流合污的鲁国人，则被卖到偏远山区的小煤窑做苦力，沦为了悲惨的奴隶。

为了将这些可怜的同胞解救回来，鲁国当局就颁布了一条法律，允许社会爱心人士以私人的名义赎回这些奴隶。只要能把他们救回来，花的赎金没有发票也可以找国家报销。

作为一个有着强烈爱国思想和社会责任感的学院派企业家，子贡积极响应国家的号召，用自己的钱为很多沦为奴隶的鲁国人赎身。但子贡迟迟没有去财务部门报账。后来财务部门的人主动找到他，说他们需要做年终审计，请子贡去报销赎金。子贡婉言拒绝了，说道："我腰缠万贯不缺这点钱是事实，但更重要的是我作为一个鲁国人拯救自己的同胞，如何能够让国家来承担这笔费用呢？"

后来这件事被夫子知道了，孔子非常生气，就把子贡请到办公室罚站。他严厉地问子贡："知道你错在哪里了吗？"子贡噘着小嘴，说道："老师平时教导我们要做一个品德高尚、无私奉献的人，我用自己的钱解救同胞何错之有？"孔子冷哼一声："你倒是因为这件事树立了一个爱心企业家的光辉形象，可从此以后再也不会有人去赎回我们的同胞了！"子贡十分不解，问老师缘由。孔子耐心地说道："如果你接受国家对你的奖励，这是你应得的，并不会损坏你的品德和名声。但如果你拒绝这笔奖励，你就破坏了国家制定的这个游戏规则。你是首富，没有这些钱也不影响你的生活质量，但其他人没有你财大气粗，拿不到这些奖励，生活就会受到影响。试想，到时谁还愿意去赎那些可怜的同胞呢？"

子贡终于明白了老师的意思，也意识到了自己的错误。如果子贡不领取这份酬劳，他就会被吃瓜群众看成一个有爱心的道德标杆。但其他人去领取赎人的酬金时，吃瓜群众就会用子贡这个道德标杆去绑架他们："你看某某声名远扬，家财万贯，现在拯救同胞还要回报，就是一个伪君子！"试想，到时谁还会冒着被网暴的风险做好事？当个人道德与社会伦理道德或社会道德发生冲突时，个人高尚的情操必须为社会伦理道德做出牺牲。

所以孔子的"自私观"是一种更无私，更有远见和更有道德的修养。只要我们付出了正当的努力，就应该正大光明地去争取回报，如此才能让社会道德风气变得更好。

第四诀 『贝』字诀

鬼谷子的底线和上限

一个人的上限没有止境，但底线看得到、摸得着。上限的高度很难企及，因为成功到达某种程度再想突破就会非常困难，底线却是我们每个人每天都可以遵守的。君子立业的底线就是品德修养，即必须接受社会道德和法律的约束。一旦脱离这个底线，即使爬得再高，最后也一定会"竹篮打水一场空"。

公元前 342 年的秋天，云梦山被漫山遍野的红叶渲染得遍地金黄。年轻的张仪拿着一封从齐国发出的加急快递，急匆匆地朝老师鬼谷子的房间奔跑。

"老师，老师，齐国来信了！"张仪顾不得唐突，一边跑一边喊，没敲门就闯了进来，"大师兄和二师兄在马陵决战，二师兄率领齐军大败楚军。大师兄他，他兵败自杀了。"

这个结果早就在鬼谷子的预料中，他没有一丝惊讶，拿起张仪递来的快递，顺手扔进旁边的垃圾桶。张仪有些紧张地望着老师，老师的眼神中闪过几许悲伤。毕竟庞涓和孙膑都是老师极为看重的两个得意门生，同门师兄弟手足相残，最后无论谁胜谁负，对鬼谷子来说都是一种遗憾和痛苦。

鬼谷子示意张仪坐下，他慈祥地看着这颗冉冉升起的新秀，突然问道："仪儿，你现在明白老师为什么不教你和苏秦兵法，而是教你们诡术和怎么做人的原因了吧！"张仪点点头，流下了眼泪。自从两年前二师兄孙膑去魏国投奔大师兄庞涓，被庞涓搞得半身不遂之后，老师就开始经常失眠，对张仪和苏秦的教育方式也慢慢发生改变。他只让二人学习口才和一些做人的道理，严禁他们触碰兵书。

鬼谷子叹息道："孙膑和庞涓在我身边时，我忽视了对他们品德的引导，才导致他们今天的悲剧。所以，你一定要记住，要想成为一个真正的赢家，必须努力修行德之术。德行是成功的底线，谋略是成功的上线。顺境时不要忘记修德，逆境时不要忘记担当，只有守好这条底线，你才能真正领悟诡辩之术大义的精髓。"

作为中国古代最神秘的一位思想家、政治家和权谋家，鬼谷子"德之术"的核心理念之一就是"勿坚而拒之，许之则防守，拒之则闭塞"。用今天的话来说就是，做人不要太自我和固执，一定要多听别人的想法和意见，尊重别人的思想和需求。如果你总是拒绝别人的要求，交流的那扇窗户就会关闭，你就会陷入孤立无援的痛苦之中。但是在接纳别人意见时，自己正确的立场一定不能妥协。唯有如此，你才会得到更多的帮助。"高山仰之可极，深渊度之可测；神明之位术，正静其莫之极欤！"鬼谷子指着门外一座山峰诱导张仪，山的高度可以通过仰望把握，深渊的深度可以通过测量计算，唯有高明的德行在于平和安静，永远不可能知道它的高低深浅，这就是修养德行的真谛。

自打一开始，鬼谷子对庞涓和孙膑的性格和人品就非常了解。有一天，鬼谷子为了考验二人的耐心，他把自己锁在房间，看庞涓和孙膑会用什么办法请他出门。庞涓脾气暴躁，喜欢耍小聪明。他先是软硬兼施地请老师出来，但鬼谷子不为所动。最后庞涓急了，气呼呼地威胁道："老师，你要是再不出来，我就要放火烧屋了！"当然，庞涓不会傻到真的纵火把老师逼出来，但他这种急躁的态度和放火的恶念无疑暴露了他狭隘自私、心狠手辣、为达目的不择手段的处世原则。

在这次测试中，孙膑的表现就要聪明很多。他不像庞涓那样急躁，而是经过一番深思熟虑之后，对鬼谷子说道："老师，学生无能，实在想不到让您走出房间的招数，但学生有办法让您自己从外面走进房间。"鬼谷子一听这话，立即跑出来，对孙膑说："我现在就站在你面前，看你如何请我进屋？"孙膑朝着老师恭恭敬敬地行了一个礼，说道："老师，我这不已经把您请出来了吗？"鬼谷子哈哈大笑。很显然，和庞涓的匹夫之勇相比，鬼谷子心里更偏爱性格温和、善于用脑的孙膑。

庞涓是一个野心很大的家伙，虽然只跟着鬼谷子学了几年兵法，但他早就按捺不住蠢蠢欲动的内心，想早点毕业出去闯荡。这天，庞涓下山砍柴时听几个采药人议论魏国正在高薪招聘人才，他非常心动，却又担心老师不愿意放自己离开，所以一连几天都心不在焉。鬼谷子很快觉察到了学生的心思，主动对庞涓说道："世界那么大，你应该去看看了。"庞涓非常高兴，却还是有几分犹豫地说："不知道学生这次下山能不能抱金砖？"鬼谷子微笑着吩咐："你去采一朵花，让老师为你算一卦吧！"

于是庞涓兴冲冲跑到山里寻花，正值盛夏季节，山里的花刚刚开过，庞涓找了很久，总算采了一束无名的野花。但他又觉得这束花实在太丑了，根本象征不了他的命运，于是就把它扔了继续采花。庞涓又到处转悠了一圈，还是没有找到心仪的花朵，只好把这束花捡起藏在衣袖里。

见到老师，庞涓说："山里现在没有花了。"鬼谷子眯缝着眼，指指他的衣袖，严肃地问道："既然山中无花，你衣袖里藏的是什么？"庞涓只好把这束花拿出来交给老师，此刻它早已枯萎了。鬼谷子说道："这种花的名字叫马兜铃，绽放时每枝有十二朵，代表你即将迎来十二年的高光时刻。你在鬼谷采得它，但它被烈日晒得枯萎了，鬼旁有委，你现在应该去魏国创业。"

老师的指点竟然和他所想一致，庞涓内心暗暗佩服。这时鬼谷子加重语气，说道："但你不该将这束花藏起来骗我。你今天藏花骗我，以后你就可能欺骗别人，也可能被别人欺骗。所以，下山后一定要好好提升你的德行。这样吧，老师最后送你八个字：遇羊而荣，遇马而瘁。"

鬼谷子送给庞涓的八字谶语后来都成了现实。庞涓去魏国求职，受到魏惠王的赏识。他第一次接受魏惠王面试时，刚好遇到魏惠王吃饭，厨师给魏惠王端上来一只色香味俱全的烤全羊，庞涓顿时想到鬼谷子那句"遇羊而荣"，认为自己飞黄腾达的时候到了。果然，庞涓一路平步青云，最后做了大将军。后来，师弟孙膑前来投奔他，庞涓担心师弟的人设光环盖过自己，威胁到自己的地位，于是残忍地抛弃师门手足情，设计诬陷孙膑，将孙膑整得半身不遂。孙膑装疯卖傻多年后逃到齐国，担任齐国的策划总监。终于，这对早就不共戴天的师兄弟在战场相遇，坐在轮椅上的孙膑使出一招"减灶"计制造假象诱敌深入，将庞涓骗到马陵这个地方。骄横自大的庞涓中了埋伏，全军覆没，不得不兵败自杀，也印证了鬼谷子对他的那一句"遇马而瘁"命运终结的预言。

想当初庞涓离开时，孙膑亲自送师兄下山。庞涓搂着师弟信誓旦旦地表示，今后两人一起创业，同苦难共富贵。孙膑深受感动，哭得稀里哗啦。孙膑回来时，鬼谷子看到他眼角还挂着泪水，就问道："你舍不得师兄离开吗？"孙膑哽咽道："我和师兄生活了这么久，早已情同手足，当然舍不得他走。"鬼谷子笑了笑，又问道："那你认为以师兄的能力可以成为一个优秀的企业高管吗？"孙膑大声回答："师兄是您教出来的得意门生，一定能在魏国职场混得风生水起。"鬼谷子叹息道："孩子，你高看他了，他成不了大器。"

孙膑难以理解老师的话。鬼谷子见四下无人，就从书架上取出一捆结满蜘蛛网的竹简交给孙膑，说道："这是你先祖孙武将军创作的《孙子兵法》十三篇的孤本，它在世上早已失传了。我对它进行了仔细地研究，上面还有我写的读后感，用兵的秘密都藏里面了。你为人忠厚，心地善良，今天我把它送给你，也算是对你先祖在天之灵的一份交代。"

孙膑责怪道："老师，这本兵书您应该送给师兄，他在魏国创业更需要它！"鬼谷子板着脸说道："这本书交给品德高尚的人学习和使用就会造福于天下，交给心术不正的人就会给天下带来灾祸。庞涓的德行一向欠佳，我怎敢放心传给他呢？"孙膑心里清楚，老师将先祖的遗著传给自己，既是对自己为人的一种认可，也是对自己未来创业的一种鞭策。他不敢怠慢，每天精心攻读，还按照兵书上的阵法，用石子和树枝在地上反复演练。三个月后，孙膑将这本兵书烂熟于心，于是又将它交还给鬼谷子。

这天，孙膑收到了一封从魏国寄来的快递，打开一看，原来是师兄庞涓邀请他到魏国一起创业。孙膑十分开心，认为庞涓果然没有食言，刚刚取得一点小成就便迫不及待地想拉师弟一把。单纯的孙膑何曾想到，庞涓的确想拉他一把，只不过不是将他往高处拉，而是打算将他往死里拉。原来是魏惠王听说了孙膑的才华和名声，让庞涓邀请孙膑前来投奔。庞涓无法推托，这才假惺惺地写信让孙膑一起享富贵。

鬼谷子不想打击年轻人创业的积极性，同意了孙膑下山的请求。孙膑离开那天，他也让孙膑摘一束花为其占卜前程。此时已是入秋，天气寒凉。孙膑见老师书桌上的花瓶里插着一束黄菊，便取出来让老师看了，然后又将它放回到瓶中。鬼谷子沉思半晌，说道："这束花已经折断，不再完美了。但黄菊看似普通，却耐寒冷，霜雪也很难让它枯萎。虽然免不得遭受迫害，但还不至于枯萎。而且这花一直插在花瓶中，被人爱护敬重。当它被人从瓶中拿出时，会暂时失去含苞怒放的气势，但最终会重新回到瓶中。所以你创业成功的地方不是在魏国，而是在故土齐国。"

孙膑原名孙宾。鬼谷子说完这些，将他名字的"宾"字加了一个"月"字，改成了"膑"，警醒他将来恐受断折之灾。鬼谷子还送给孙膑一个锦囊，叮嘱他在生死危难的关头才能打开。

孙膑满怀憧憬地去投奔庞涓，之后果然被师兄设计陷害，遭受了"膑刑"的折磨。所谓的"膑刑"，在古代又被称为"髌刑"，是一种挖掉人膝盖骨的酷刑。再也不能直立行走之后，孙膑才顿悟老师为自己改名的原因。生死关头，孙膑将老师的锦囊打开，上面写着"诈疯魔"三个字。孙膑依计而行，通过装疯卖傻麻痹庞涓，终于逃回到家乡齐国，成了齐威王的策划总监。后来，孙膑坐在轮椅上统帅齐军，在马陵大败庞涓，报了断腿之仇。

现在我们自然无法断定鬼谷子给庞涓和孙膑"摘花算命"有几分可信度。但还是可以从鬼谷子创作的《鬼谷子》这本千古奇书中感受到他对"德之术"的重视。有人将他的思想总结为四句话：顺境看胸襟，逆境看担当，决断看眼界，喜怒看涵养。当我们春风得意的时候一定要讲道德，为自己树立良好的形象和声誉。当我们面临挫折，想要逆袭命运时，需要勇气和策略。眼界决定你的抉择是不是正确，涵养决定你能不能做到宠辱不惊。

白圭的仁术：人弃我取，人取我与

在利益面前懂得取舍，也是一种人生修养的智慧。虽然很多眼前利益，我们即便索取也不违背良知道义，但很可能会被小利蒙蔽眼睛而错过其背后隐藏的更大利益，从而造成因小失大的遗憾。

战国后期，东周天子都城洛邑，诸侯国的连年混战丝毫没有影响这里的繁荣景象。作为天下的政治、经济中心，洛邑的商业贸易在当时已经非常发达了，很多怀揣人生暴富梦想的商人纷纷来这里创业淘金。就如同西汉历史学泰斗司马迁教授所描述的："洛阳街居在齐、秦、楚、赵之中，贫人学事富家，相矜以久贾，数过邑不入门！"面对如此繁华的景象，司马迁教授十分感慨："天下熙熙，皆为利来；天下攘攘，皆为利往。""争名者于朝，争利者于市。今三川、周室，天下之朝市也。"

白圭便是众多前来洛邑的创富冒险家中的一员。此时的白圭刚刚从政失败，不得不另辟蹊径下海经商。作为鬼谷子门下为数不多的商业头脑特别发达的一个弟子，白圭从老师那里学到了很多独到的生意经，将鬼谷子政治和军事上的谋略成功运用到经商之中。他刚来洛邑考察项目时，朋友们建议他做珠宝生意，因为珠宝行业服务的都是达官贵人和有钱人这些高端客户，风险低，利润高，还可以为自己积累很多人脉资源。据说，吕不韦的父亲就是开珠宝店发家的。还有人建议他开小贷公司放"高利贷"，这同样是一本万利挣快钱的生意。

但这些暴利行业没有打动白圭的内心。从政多年的他虽然没有在官场混出什么名堂，却让他的眼界比其他暴发户更长远。白圭的理想就是选择一个常青行业发家致富。当时各个诸侯国为了提高称霸的实力，都非常注重农业生产，这也让农业发展迎来了前所未有的春天。才智出众、独具慧眼的白圭意识到，农副产品贸易行业才是一个可以做大做强做长久的大生意。他在后来接受《大周富豪榜》专访时分享了当时"欲长钱，取下谷"的创业灵感："民以食为天，五谷杂粮是老百姓解决温饱的基本物资，搞农副产品贸易虽然利润低，见效慢，但消费市场一直非常稳定，交易量也很大，完全可以以多取胜，赚取丰厚的利润！"

经过一段时间的精心准备之后，白圭创立的"白氏农副贸易公司"终于正式挂牌开张了。他将农副产品以及与农业相关的手工业原料和产品的大宗贸易作为企业主要的经营方向。当时很多企业家都对白圭的选择嗤之以鼻，吃瓜群众都来围观，等着看他公司倒闭的笑话。但是，白圭后来凭实力让所有质疑他的人都闭嘴了。在当时的农产品贸易市场，谷物是交易量最大的商品，针对的消费者也是普通老百姓。他们的基本需求就是填饱肚子，至于吃得好不好，他们不敢奢望。所以为了节省生活成本，老百姓们经常都会购买一些品质差的谷物。白圭买卖的谷物自然也是价格低廉，品质一般。很多竞争对手为了牟取暴利，经常囤积居奇，等到粮食歉收的时候再哄抬价格。但白圭反对这种坑害老百姓的奸商行为，他坚持"薄利多销，累积长远"的经营原则，在发展经济效益的同时更要创造社会效益，因此从来都是平价交易，这也为白圭和他的企业赢得了良好的社会口碑。他以加快商品流通速度的方式来扩大贸易额抢占市场，几年下来，"白氏农副贸易公司"便升级为"白氏贸易集团"，白圭开始频频登上《大周富豪榜》的排名榜单。

有一年，蚕丝市场供大于求，导致蚕丝滞销。很多商人争先恐后地抛售蚕丝，一些商人为了尽快将囤积的蚕丝脱手，不惜使出"老板娘跑路了"的招数，以血本价抛售蚕丝。白圭连夜召开集团高管会议，开始大量收购蚕丝。因为收购的蚕丝太多了，白圭花重金租了很多仓库才得以储藏这些蚕丝。很多人都不理解白圭这种行为，就连一些经济学家也认为他疯了。没过多久，这些将蚕丝脱手的商人又开始抢购皮毛。因为有小道消息说，时装发布会上皮毛将成为周王室及各诸侯国贵妇们狂热追求的时装。如果错过这一波，到了下半年秋冬季节就很难买到皮毛，皮毛的价格肯定会飙升。当时白圭的仓库里刚好存放了一批上等的皮毛，但他并没有采取奇货可居的做法，等下半年皮毛价格变贵时出售，而是立即将所有的库存卖光。第二年，由于受到蚕丝滞销的影响，很多蚕农都纷纷放弃了养蚕，导致蚕丝严重歉收。那些没有了蚕丝的商人不得不四处求购蚕丝，白圭顺势又将先前收购的蚕丝一口气卖光，赚得盆满钵满。

这一年的洛邑企业家年度高峰论坛上，白圭的"蚕丝战"和"皮毛战"被经济学家们评选为年度最经典的贸易案例。白圭作为当年富豪榜上的首富走上讲坛，第一次在公开场合给大家宣扬他经商的"仁术"，总结起来八个字："人弃我取，人取我与！"在他这次长达两个小时的精彩演讲中，他结合自己的实战经验，十分精辟地阐述了自己的成功秘诀："每每遇到风调雨顺的丰收年，当农民大量出售谷物时，我会顺应他们的心愿大量收购谷物，然后将布匹、漆器这些生活必需品用合理的价格卖给这些手头有钱的农民。如果遇到谷物歉收的年份时，我会将仓库里的粮食用平价卖给农民，解决他们温饱的燃眉之急，同时我会用较高的价格收购一些卖不掉的手工业原料和相关产品。"

这就是白圭的经商仁术。白圭提到的"与"其实就是通过让利的方式给人实惠。当市场上出现滞销的农副产品时，很多奸商都会等待价格贬到最低时才会大量收购，而白圭却用较高的价格及时地购买滞销商品；遇到灾荒年，市场谷物匮乏时，这些奸商纷纷囤积居奇，抬高物价。这时，白圭就会主动以平价的方式销售库存商品。他的这种做生意的理念和方式，既能保证自己在经营时的主动权，让企业得到良性发展，又能调节商品供求关系，稳定物价，对农民、手工业者和普通消费者的利益起到了保护作用。所以，从本质上来说，白圭贱卖贵买的仁术包含了一种商人济世的情怀，他放弃了眼前的短期利益，换来的却是更好的口碑，更长远的发展机会。

有一次，白圭在集团的大会上说，一个真正的企业家不应该将唯利是图作为自己的人生信条，而是应该提升"智、勇、仁、强"四种品德，修炼姜子牙、伊尹等圣贤的智慧和计谋，才能将企业做大做强，打造百年企业。其实白圭的这些经商理论并不见得有多么高深，但表露的是一个商人心怀天下的气量。正因为他拥有独特的人格魅力和品质，才成为中国古代企业家心目中的祖师爷和"商圣"。今天，无论是经商还是从事其他行业，当面对一些唾手可得的利益时，你有勇气做出"人弃我取，人取我与"的选择吗？

第四诀 「贝」字诀

苏武北海放羊的十九年

　　人在顺境中遵守底线，提升修为，是一种让自己保持清醒和理智的顺势而为。但如果一个人陷入逆境甚至绝境时，还能坚守信仰和底线，就是一种至高无上的大义，能给黑暗的人生保留最后一道光。

　　汉武帝末年，贝加尔湖畔，那时它还被人们称为北海。这个冬天比往年寒冷了很多，苏武蜷缩在毡房里，用一张羊皮毯子将单薄的身体紧紧裹住，这样可以让他感到暖和一点。毡房外北风嘶吼，大雪纷飞，羊圈里的羊儿也不时发出阵阵悲鸣，苏武的内心此时更觉得孤独寒冷了。

　　就在这时，结冰的湖面突然传来一阵急促的马蹄声。苏武好几个月没有看到除了自己以外的第二个人了。大冷天谁会来这个荒无人烟的鬼地方和他争抢野鼠藏在地下的坚果呢？该不是单于派来劝降的人又来了吧？半年前，单于的弟弟於靬王来劝降时，被苏武毫不客气地骂走，他还将於靬王送来的爱心人士捐赠的物资全部扔进北海。他讥诮地对於轩王说道："拜托您转告单于，除非他将护照还给我，让我回到祖国。否则我就如他所愿，在这里继续研究如何让公羊生仔产奶的科学难题。"

苏武嘴里哈出一团白色的寒气，一边搓手一边站起来，拿起放在门口的那根早已破败不堪的旌节走出毡房。那队人马在他的面前停下，两个卫兵掀开马车的帘子，一个熟悉的人影从里面钻了出来。苏武顿时皱起了眉头，一脸鄙夷地望着对方。

来人不是别人，正是苏武的一个老熟人，此人现在是匈奴集团的驸马——右校王李陵。在获得匈奴的绿卡前，李陵和苏武都是西汉帝国的公民。李陵的爷爷更了不得，是曾经让匈奴人闻风丧胆的飞将军李广。几年前，苏武和西汉帝国的外交使团被单于非法扣留，汉武帝刘彻大怒，便派李陵率兵讨伐匈奴。李陵率五千人与匈奴人的主力部队血战，在打完"最后一颗子弹"后，李陵变成了匈奴人的俘虏。

当时正在北海放羊的苏武听到李陵被俘的新闻后，甚是为李陵感到惋惜、担心。紧接着，一个让他惊掉下巴的新闻传进他的耳朵，这位飞将军的孙子竟然投降匈奴，娶了匈奴人的一个公主，变成了匈奴集团的一位驸马爷。

忠良之后，全民偶像突然人设崩塌，让苏武痛心疾首了好几天。单于却将李陵变节这一行为作为匈奴人优待西汉俘虏、重用汉人的国际头条新闻大肆造势宣传，想要以此瓦解苏武和更多西汉同胞的爱国之心。你想想，就连飞将军的孙子都弃暗投明了，舆论影响力多严重啊，气得汉武帝一口气杀了李陵全家。

"子卿，你可想死我啦！"李陵朝着苏武奔来，一双崭新的保暖靴踩在雪地上发出"嘎吱嘎吱"的声音。他张开双臂，想要和苏武拥抱一下。

苏武冷冷地将李陵推开，说道："如果你是来劝我像你和卫律那样认贼作父，就免开尊口，请回吧！"李陵面有愧色。他环顾了一下四周，非常不忍心苏武在这个鸟不拉屎的地方放羊，挨饿受冻地孤独终老。

他不顾苏武的不满，吩咐下属将带来的两坛好酒和几个好菜端进毡房，摆在饭桌上，要与苏武痛饮一番。李陵毕竟是飞将军的后代，与卫律这样的小人不一样，苏武此刻也很想听听，李陵变节投敌究竟有什么苦衷。

两个人你一杯我一杯地喝了起来。酒到兴头，情到深处，李陵失声痛哭，说道："子卿，投降匈奴并非我的本意啊。当时我带领五千人与匈奴的主力部队硬抗，把所有'子弹'都打光了，在昏迷中成了俘虏。面对单于的劝降，我原本想假装投降，找机会挟持或杀了单于再逃回国内。没想到国内很多人诬陷我，最后就连刘老板也不相信我了，杀了我全家，彻底断了我的后路啊！"

苏武拍了拍他的肩膀，说道："国内有很多有良知的知识分子都在给你制造舆论平反，我听说历史学教授司马迁先生因为给你说了几句好话，被老板施了腐刑！你现在做了单于的走狗，对得起那些为你的清白四处奔走的大 V 吗？"

李陵控制住自己的悲伤，突然想起此行的目的，他推心置腹地劝道："我的子卿兄啊，你应该明白，现在你已经无法回到长安了，你再抵抗还有什么意义呢？在这种鸟不拉屎的地方什么都不能做，你的忠心和操守谁能看得到呢？我率兵攻打匈奴时，你的母亲因为思念你去世了，你那位年轻漂亮的老婆另寻新欢嫁人了。现在你家里就剩下两个妹妹、两个女儿和一个儿子，这么多年过去了，他们也是生死未卜。人生匆匆譬如朝露，你何必要如此痛苦地折磨自己，做什么无名英雄。我当初投降匈奴的时候，内心也受到道德和良知的谴责，每天精神错乱、恍恍惚惚，觉得自己对不起大汉，对不起老板。子卿兄不肯投降的心情并不会比我当时强烈。你想想看，你在北海放羊十多年了，刘老板派人来找单于交涉过吗？国内甚至都没有一篇关于你的报道。他们都以为你死了，已经把你忘记了。再说，现在刘老板年龄大了，做事越来越糊涂，六亲不认，很多无辜的高管没有罪却被诛灭九族。朝野上下，已是人人自危。子卿如此为他守节，值得吗？"

    李陵这段结合自己亲身经历的劝降话术，令苏武听后痛彻心扉，苏武的意志差点就被他动摇了。然而，当苏武满含热泪的眼睛定格在身旁那根随风摇曳的旌节时，他固守了十多年的民族气节又变得荡气回肠。他想起十多年前，自己骄傲地手持旌节，率领西汉帝国的外交使团访问匈奴时的场景。他缓缓地站起来，深情地抚摸着这根已然成为他精神支柱的旌节，说道："李将军，虽然我很同情你的遭遇，但我绝不认同你的选择。你我之间谁对谁错，也许只能留给太史公那样的历史学家去评述了。但我们苏家父子没有对国家做出过多少贡献，只是因为刘老板的赏识，才能够得到为国家出力的机会。所以，我一直认为，只有对国家肝脑涂地，才能回报刘老板的恩情。今天，我终于有了杀身报恩的机会，哪怕是让我上刀山下油锅，我也觉得非常快乐。我们这些做臣子的效忠君主，就好比儿子要侍奉父亲一样，作为儿子，能为父亲舍生取义，又有什么遗憾呢？如果李将军仍然要坚持劝降，这顿酒我们喝不下去了，不如让我直接死在你面前！"

也许有人认为苏武对汉武帝的忠诚就是一种个人崇拜，是一种愚忠，其实未必。因为在那个时代，国情便是如此，皇帝就代表着一个国家。所以苏武内心的忠，同样是忠于自己的国家和民族。李陵被苏武这番义正词严的表态怼得说不出话来，他长叹一声，握紧苏武的手说："子卿兄才是真正的义士啊，我和卫律叛国，这乃是滔天的大罪！"李陵的自我检讨所言不虚，和苏武坚定不移的爱国心相比，李陵的变节的确成了他一生中唯一的也是最大的污点。

这以后，李陵每隔一段时间就会来探望苏武，不过都仅限于喝酒聊天，绝不出口劝降。公元前87年，李陵又一次来到北海。这一次，他带来了一个让苏武差点彻底崩溃的噩耗——汉武帝驾崩了！苏武内心燃烧了十多年的那道光突然熄灭了！他颤颤巍巍地朝着南方跪下，失声痛哭。他的哭声悲戚得就像北海上空落单的大雁发出的哀号，之后，竟然喷出了一口鲜血。这以后半年，苏武每天早晚都要面向长安的方向哭吊汉武帝。

作为今天的吃瓜群众，我们禁不住会想，当苏武一个人被流放到北海这个苦寒之地时，支撑他活下来的除了宁死不降的爱国心，他是否还在期盼有生之年能够重新踏上故土的机会？答案是肯定的！回家，回到祖国的怀抱，是苏武在漫长且孤独的岁月中唯一可以念想的幸福。他不相信西汉帝国的同胞们真的把他忘记了。

　　苏武的祖国和人民并没有忘记他。事实上，这些年西汉朝廷一直都在和匈奴交涉，希望对方能够归还苏武和其他被扣押的外交官。只是他们被匈奴人蒙骗了，以为苏武真的已经为国捐躯了。汉武帝去世两年后，匈奴狐鹿姑单于也因为太想念刘彻这个老对手去九泉之下找他喝茶了。这位老单于刚死不久，匈奴国内就发生内乱。为了稳定局势，匈奴不得不和西汉帝国重新建立外交关系。一年后，西汉刘氏集团的常务副总裁霍光派外交官出访匈奴，突然打听到他们心心念了十多年的苏武还在北海放羊，于是就照会匈奴方立刻释放苏武等人。

　　公元前81年春天，中国历史上最伟大的羊倌苏武先生在阔别祖国十九年后，终于踏上了回国的征程。当年苏武率领的外交团有一百多号人，如今死的死、降的降，最后跟随苏武回到长安的仅剩九人。在长达六千九百多天的漫长日夜里，在苦难和孤独的双重压迫下，苏武心中坚守的那道光一直倔强地亮着，照亮他的归家路，也照亮了他可歌可泣的一生。

高适的长安三千里

德行好的人运气一向不差，尽管他可能长时间遭遇挫折和困难，但坚信自己的价值和理想，原本就是一个在修身中不断聚集能量的过程。一旦能量汇聚至集中爆发的程度，人生开挂、大器晚成就顺理成章了。

公元 752 年，年近五十的高适辞去封丘县尉的职务，揣着朋友写的一封推荐信，千里迢迢来到西北武威投奔河西、陇右节度使哥舒翰。这是高适第三次来边塞闯荡创业，前两次他都很不走运地被幸运女神拒之门外。但这一次，幸运女神终于向他招手了。当高适抵达哥舒翰的军营时，恰逢哥舒翰在外出差。于是高适一路追赶哥舒翰，终于在陇右西平郡见到了哥舒翰。

哥舒翰见到这个比自己小几岁，靠写边塞军旅歌曲走红大江南北的老文青，顿时一种惺惺相惜的感觉油然而生。作为一个边塞军人，哥舒翰经常读高适的边塞诗。所以两人在酒桌上先聊起文艺。哥舒翰问道："先生是我大唐德艺双馨的艺术家，又有李白这样牛掰的大佬朋友，完全可以在集团总部谋个办公室高管的职位，为什么要来边塞过苦日子？"高适对哥舒翰也是发自内心的敬仰，于是侃侃而谈，介绍起自己的经历："以前我来边塞寻找灵感的时候，经常听老百姓传唱一首歌：北斗七星高，哥舒夜带刀。至今窥牧马，不敢过临洮。在我心里，哥舒兄就是我大唐的飞将军李广。小弟我出生在军人世家，我的祖先都是靠立军功安身立命。我的祖父是大唐的开国将军，伯父高崇德和高崇礼曾屡建军功，我们家族没有一个纨绔子弟。只可惜，在我年幼时，父亲在韶州做长史时病逝了，导致家道中落。为了解决温饱问题，我少年时代还加入过丐帮。在我三十多岁时就隐居在农村，一边种田一边读书。但这些都没有磨灭我想要成为一名军人，在战场上建功立业的理想。"

哥舒翰故意露出为难之色，说道："虽然我是先生的诗迷，但先生今年已经四十九岁了，半生蹉跎，从没为国家立寸功。而且说到底，你只是一个靠写诗挣稿费谋生的艺术家，我如何相信你能在军中立足呢？"高适并不生气，从容地回答："小弟听说哥舒兄四十岁之前也是贪图玩乐、一事无成，四十岁之后才变得成熟，顿悟人生，一路开挂。虽然小弟我比你迟了几年懂事，但现在创业还不算晚。况且，小弟我平时虽然喜欢写点诗，但熟读兵书，对排兵布阵还是有一定认识的。"高适不失时机地和哥舒翰聊起了兵法。这下哥舒翰对他更为欣赏了，于是就让他做自己的贴身秘书。每次回集团总部汇报工作，哥舒翰都会向人事部老总赞扬高适的才华。有了哥舒翰不遗余力的包装推荐，高适的人生终于在他五十岁的时候开挂了，他很快被提升为监察御史，帮助哥舒翰镇守潼关。

三年后，大唐李氏集团已经处于安史之乱前的风雨飘摇中，这时的哥舒翰被调回总部，成了董事长继承人的老师，加爵西平郡王，位高权重。或许哥舒翰觉得自己马上到了退休的年纪，在生活作风方面有所松懈，每天沉迷酒色，导致身体每况愈下。这年2月，哥舒翰在董事长办公会上突然中风昏迷，导致半身不遂，只好在家里养病。公元755年底，安史之乱终于爆发了，叛军势如破竹般攻克了洛阳，向长安逼近。长安城最后一道防线潼关摇摇欲坠。惊慌的唐玄宗仓促之间命令哥舒翰坐着轮椅，率领二十万精锐去守潼关。高适作为哥舒翰一手提拔的死忠，自然跟随哥舒翰到了潼关。

对高适来说，他期待了一辈子的建功立业的机会终于来临了，但显然，他低估了这次机会中所潜藏的巨大风险。此时的叛军气势正盛，大病未愈、久疏战阵的哥舒翰根本无力回天。潼关很快失守，二十万大军只剩下八千人。哥舒翰被自己的手下绑在马背上投降了安禄山，后来又被叛军杀害。所幸高适拼死突出了重围，他身负重伤，但为了捍卫自己的伯乐死后的清白，高适快马加鞭地追赶上正在逃往成都避难的唐玄宗，向隆基老板详细报告了潼关失守的真实原因，并告诉唐玄宗，哥舒翰是被迫投降的，他并没有背叛大唐。唐玄宗非常欣赏高适不顾生死为哥舒翰争取名节的表现，当场给他升职加薪，把他调为侍御史，并让他跟着逃难的集团高管一起到成都。之后，高适这个五十多岁的老头在大唐职场一路飘红，先后担任渤海侯、散骑常侍、银青光禄大夫等职位，最高职务做到淮南节度使。

因此有人认为，高适的人生将近五十岁才开挂，是因为他遇到了哥舒翰这个贵人，而安史之乱又将他的人生推向巅峰。这些当然是不可否认的事实。但我们必须承认的是，高适四十九岁开始逆袭人生，与他在前半生的挫折中坚持德行修养密不可分。就如同高适自己说的，他年少时家里就开始吃低保，为了吃顿饱饭还做过乞丐。即便在穷困潦倒之时，高适始终坚持军旅家族那一副天生的傲骨。为了重铸家族荣光，高适一直刻苦学习，希望通过当时的高考博取一官半职。他两度落榜，但都没有气馁，而是一如既往地不辍耕读，兼修文武，并在四十出头开始诗歌创作。对理想的不懈坚持，终于让他在四十六岁时迎来人生第一次小小的转机。当时的CEO，也是大唐当红大诗人张九龄的弟弟张九皋非常赏识高适的才华，并推荐他第三次参加高考。这一次，高适终于收到那封等待了二十多年的大学录取通知书，后担任封丘县尉，这也是高适人生中第一份工作。

高适在《燕歌行》中自勉："男儿本自重横行！"即便在人生最落魄的时刻，他没有抛弃自己的理想。他在逆境中韬光养晦，靠着游历天下和诗歌创作不断开拓自己的眼界和胸怀，为后半生的厚积薄发聚集能量。同时，在唐玄宗后期复杂的职场环境中，他始终保持独立清白的人格，对时局有着十分清醒的认识。他坚持自己正义善良的做人底线，不会为了加薪升职就与世俗同流合污。唐玄宗正是因为他在为哥舒翰这个人人唾弃的叛国者争取清白时，欣赏他的人格魅力，才给予重用。所以，对高适来说，人生的主动权始终掌握在自己手中。

高适第二次出塞创业时，已是"胡天八月即飞雪"的深秋季节。他在边塞觉察到了安禄山的狼子野心，为大唐的命运深感忧虑，于是创作了《送兵到蓟北》这首诗："积雪与天迥，屯军连塞愁。谁知此行迈，不为觅封侯。"虽然这一次到边塞同样失望而归，但让他更加清醒地认识到大唐职场的虚伪与黑暗，就如同他在《封丘作》这首诗中的感慨："只言小邑无所为，公门百事皆有期。拜迎长官心欲碎，鞭挞黎庶令人悲。"他又一次坚定了自己的决心，绝不和这些贪婪自私，工于心计的官僚虚与委蛇。"老骥伏枥，志在千里"，他只是在等待一个参军立功，报效国家的机会，他相信这个机会一定会到来的。

真正的英雄，总能在认清现实的同时保持对生活的热爱，在乐观与热情中坚持自己的道德底线，哪怕是从少年等到白头，理想始终就在前方。如同高适在他一生最得意的那首诗歌《别董大》中所言："千里黄云白日曛，北风吹雁雪纷纷。莫愁前路无知己，天下谁人不识君？"他在创作这首诗歌时已经四十四岁了，在很多人看来，这个年龄如果依然一事无成，很可能就此破罐子破摔。况且，当时高适连请朋友喝酒的钱也拿不出来。所幸，在面对人生危机和国家危机的时候，高适没有自暴自弃，他不逃避，不虚美，兼修自己的人格和才华，这才为他几年后的人生大转折打下坚实的基础。

我们感悟高适厚积薄发、老年逆袭的传奇一生，就是要学习他在漫长人生低谷中追求理想，坚守做人底线和独立人格的精神。事实上，在现实生活中，在我们身边，有很多像高适这般老来创业成功的大赢家。不在沉默中爆发，便在沉默中灭亡。所以，我们一定要在平凡的工作和生活中，做好自己的人，做好自己的事，就一定能等到逆袭人生的时刻。

第四诀　『贝』字诀

王阳明的良知

人生都是在身陷低谷或绝境时才能大彻大悟吗？表面看来，人在遭遇危机的时候，痛定思痛，的确可能会让我们在醍醐灌顶中获得逆袭人生的灵感。事实却是，瞬间的顿悟是持之以恒的人性修养的沉淀绽放的光芒。

公元 1508 年 3 月的一天晚上，贵州修文县龙场一座偏远蛮荒、荆棘丛生的山里，一场突如其来的雷电暴雨刚刚停歇。三十六岁的王阳明盘坐在一个潮湿阴暗的山洞里，凝视着雨后夜空中出现的点点繁星，慢慢进入了一种忘我的境界。适才的雷电交加给他的内心造成了巨大的冲击。他联想到自己此时穷困潦倒，疾病加身的境遇以及如漫长黑夜般未知的前途，心中充满了不平和愤懑。

然而，当雨过天晴，深夜重归寂静时，王阳明的心情逐渐放松下来。他开始审视自己这一生的成败，反思自己身在庙堂之高的荣光和被贬江湖的屈辱。此刻，他的心里不只是对周身环境的反思，而是试图对灵魂深处进行一次艰难的探寻。突然，满天星光交织成一道绚丽夺目的光束，穿透了深沉的夜幕，照亮了他灵魂最黑暗的地方，王阳明顿时有了一种醍醐灌顶、大彻大悟的狂喜。这个瞬间，他终于洞察到了人生的本质，悟透了内心的最崇高地位。灵魂深处那一束亮光就像指南针一样，让他摆脱了所有的困惑，升华了世俗的所有困境，让他不再被环境的困苦所羁绊。

兴奋的王阳明顾不上山洞的寒冷和病痛的折磨，立即奋笔疾书："圣人之道，吾性自足，向之求理于事物者误也！"王阳明终于明白，圣贤一直感悟的道，原本就藏在人的内心，人的本心充满了所有的智慧及力量，如果放弃对内心力量的挖掘，一味从身外之物中寻找真理，期待可以通过外部力量帮助自己逆袭人生，这根本就是一件荒谬的事情。只有我们自己才拥有改变命运的原动力，如果只是一味向外部索求力量，不过是白白增加烦恼而已。于是王阳明趁热打铁，连夜写下了《咏良知四首示诸生》这首诗篇。

以上就是明代最杰出的思想家、文学家、军事家，以及阳明心学创始人——王阳明"龙场悟道"的回放过程。有人说，正是"龙场悟道"这个充满传奇和些许神秘色彩的历史性瞬间，让王阳明冲破了内心最大的桎梏，为"知行合一"的阳明心学找到了灵感。正是这次梦境一般的顿悟，让身处艰险境地的王阳明找到了否极泰来、逆袭人生的精神支柱。从此，王阳明从一介凡人升华成了一代圣人。

天下没有突发奇想的道，也没有凭空而来的灵感。只不过，因为龙场悟道本身的传奇性，我们反而忽略了王阳明得以悟道背后的深厚学识与他的人生美德沉淀的基础。王阳明出身高贵，他的父亲王华本就是大明朱氏集团职场中的一个高管，公元1481年的状元。虎父无犬子，王阳明从小就接受了良好的教育，十二岁开始在书塾求学。他人生的第一次挫折发生在他十三岁时，他的母亲郑氏因病去世。但志存高远的王阳明心思毕竟不同于凡人，他很快就从丧母之痛的阴影中摆脱出来，更加刻苦地学习。有一次，在课堂上，老师问同学们："你们觉得天下什么事最重要呢？"有人回答说是科举，有人回答说是建功立业，而王阳明的回答让老师大吃一惊："我认为天下最重要的事情就是通过读书成长为一个圣贤之人！"

可见，立志做圣贤已经是少年王阳明心中坚定的信仰。而要想成为圣贤，除了要有很大的学问，还必须具备圣贤的胸襟和美德。王阳明十五岁时，就因为农民起义多次给大明朱氏王朝的董事长明武宗写信，滔滔不绝地阐述他平定农民起义的策略。他的父亲认为他年少无知、狂妄自大，把他狠狠地训斥了一通。王阳明一气之下便跑到居庸关和山海关爬长城旅游去了，一个月后才回家。而这段旅游的经历不仅让他眼界大开，更是让他内心萌生了经略四方的雄心壮志。一晃王阳明已经十七岁了，父亲安排他到南昌去娶媳妇。就在新婚当天，主持婚礼的司仪突然发现王阳明不见了。原来，这天他无意中遇见了一个道士，他感觉这个道士心中有道，便专门跑去向道士请教养生之术。他与道士面对面静坐悟道，竟然将自己拜堂成亲的事情忘记了。直到第二天，他的岳父大人才在道观找到他。

王阳明曾经对朱熹的理学很感兴趣。他成亲之后，在带着老婆回家的路上经过广信，听说大明的理学泰斗娄谅就住在附近，于是专门下船向娄教授请教"格物致知"。娄教授对这个好学的年轻人不吝赐教，让王阳明对朱熹的"物有表里精粗，一草一木皆具至理"学说的领悟到了走火入魔的地步。为了弄清穷竹之理，他甚至在家里"格"了一个星期的竹子，却什么都没有参透，还因此生了一场大病。这以后，王阳明对所谓的"格物"产生了深深的怀疑。也许就是这次中国哲学史上著名的"守仁格竹"（王阳明，名守仁），为王阳明日后的"龙场悟道"提供了思想启蒙。

可以说，在步入大明朱氏集团职场之前的王阳明就是一个学霸，但绝非一个只是为了考科举当状元的那种学霸。他在求学中所做的一切努力都是为了成为一个圣人做铺垫打基础。后来的事实也证明，王阳明没有成为应试教育的牺牲品。公元 1492 年，二十岁的王阳明第一次参加乡试中举，但他很快又变成了一个军事迷，每天习武射箭，心思就再也没有放在大明朝的高考上了。二十二岁的时候，王阳明考进士落榜了。当时的朱氏集团 CEO 李东阳就故意激将他："守仁啊，你这次虽然没有中状元，但你毕竟是状元的儿子，下次肯定能够金榜题名的，不如你为下一届高考写一篇状元赋？"王阳明二话不说，马上就写出了一篇爆款网文。集团总部的高管们无不惊叹王阳明的天赋和才华，但有嫉妒他才能的高管开始抹黑他，说他如此年轻气盛，将来就算中了状元也会目中无人。王阳明二十五岁时第二次参加大明高考，这一次还是落榜了。他的状元老爹害怕他伤心，就鼓励他继续复读。

王阳明却无所谓地笑道:"你们将不能金榜题名视为耻辱,我却为不能金榜题名就感到遗憾而耻辱!"王华听了,差点气得吐血。

三年之后,王阳明参加礼部会试,这一次小王终于给老王争了一口气,荣登金榜,取得了南宫第二名,二甲进士第七名的好成绩,被安排到工部实习。公元1504年,三十二岁的王阳明在而立之年如愿以偿地进入了兵部上班,任职武选司主事。虽然这只是兵部等级最低的一个小官,但老王还是对儿子的锦绣前程充满希望。本来如果王阳明能够安分守己,他的确可以凭借父亲的人脉关系和自身的才华一步步地靠近集团高管的位置。但因为他桀骜不驯的性格和想成为圣人的理想,断送了他在朱氏集团的美好前程,同时也给他带来了一场生死浩劫。

公元1506年,当时有一个叫刘瑾的大太监得到了董事长的宠幸,大肆干预朝政,制造冤狱,逮捕了南京给事中御史戴铣等二十多个对他心怀不满的高管。王阳明不顾老王的劝阻,给董事长写信揭发刘瑾以权谋私,陷害忠良,希望董事长能够主持正义,惩罚这个太监,放了戴铣等人。这件事被刘瑾知道后,气得大发雷霆,把王阳明五花大绑起来,打了他屁股四十大板,将他贬到鸟不拉屎的贵州龙场驿栈当驿丞。老王也因此受到牵连,被赶出了集团总部,贬到南京做吏部尚书。

这下好了,因为王阳明的一时冲动,小王和老王的大好前程都被他毁掉了。此刻,成长过程中一直顺风顺水的王阳明,内心灰暗到了极点。尽管如此,刘瑾仍不解气,想要将他赶尽杀绝，竟然安排了杀手一路追杀他。多亏王阳明从小在河边长大，水性很好，假装跳水自尽才捡回一条命。躲过追杀的王阳明根本不想去那么远的地方做一个破驿丞，于是跑到南京去见老王。老王看着这个不争气的儿子，恨不得给他两耳光。但毕竟是自己亲生的，王华还是舍不得对这个宝贝儿子动粗，于是就苦口婆心地劝道："驿丞虽然连个官也算不上，但毕竟是老板亲自任命的，你不能逃避责任，还是乖乖去龙场上班吧。"事到如今，王阳明其实也不想当什么官了，但也不想父亲担惊受怕再被自己连累，于是就答应了父亲的请求。

老王心疼儿子，毕竟去贵州的路上山高水远，就送给儿子三个仆人，让他们照顾和保护王阳明。就这样，王阳明在三个下人的陪同下，跋山涉水，历经风雨，终于在 1508 年到达了龙场。望着眼前这片群山叠绕，十分贫瘠，民风尚未开化的蛮荒地区，王阳明有些绝望了。他开始怀疑自己，在这个地方生活能成为圣人吗？长途跋涉加上心理崩溃，让王阳明的身体每况愈下。艰苦的外部环境以及邮政所那点可怜的工资，让他根本养不活自己和三个仆人。王阳明消沉到了极点，他以为自己很快就会死在这个穷山恶水之地。

不过王阳明很快就找到了一座天然的"别墅"。这天，他带着三个仆人上山摘野果时，无意中发现了一个山洞，王阳明非常激动，便把家搬到了山洞里，还给山洞取了一个"阳明小洞天"的名字。而这时，龙场当地的少数民族老乡们给予了王阳明极大的关爱。他们都听说王阳明很有学问，于是纷纷众筹献爱心，在山洞旁的龙岗给王阳明建了一座房子，让王阳明在此教当地的小孩子读书识字。就这样，中国历史上著名的龙岗书院就此诞生，这里也成为王阳明宣扬、传授自己阳明心学的启蒙之地。王阳明很快在全新的教育事业中振作起来，重新找到了人生的意义和乐趣。王阳明白天在书院讲学，晚上便在山洞里打坐、参悟人生。在日复一日地讲学和思考中，他慢慢地找到了开启心学的那一把钥匙。

当我们了解了王阳明"龙场悟道"的前因后果就会明白，他的这一次顿悟不是突然的人生开挂，而是他的内心就像一座火山，在日积月累的自我修行中不断汇聚能量，在他的人生遭遇最大滑铁卢后从消沉到奋起的时刻，终于迎来了一次大爆发。今天，我们在学习和感悟王阳明"知行合一"的人生哲学时，还要明白，只有修行内心的良知才会有良好的行为。先知而后行，是我们修德必须坚持的一个原则。

胡宗宪宁做奸臣不做小人

为了实现自己的理想，我们有时不得不选择委曲求全，做一些自己不愿意做的事情。但这个"委曲"究竟要有多么"委曲"，才可以既达到目的又不违背自己的人生底线？这是一个两难的事，也是对人生智慧的一种考验。

公元 1565 年 11 月 25 日，大明王朝朝野上下被一条突发的重大头条新闻震惊了——前大明兵部尚书、太子太保、抗倭功臣胡宗宪在监狱自杀了。

此时另一位抗倭名将，由胡宗宪一手提拔的戚继光正在沿海的军营操练军务。当下属将这个令人扼腕叹息的新闻告诉戚继光时，他先是一脸震惊，尔后他的神情逐渐变得痛苦迷茫。他默默地回到自己的办公室，倒了一杯酒，然后对着京城的方向洒在地上。

两年前严党垮台，严嵩被免除一切职务强制退休回了老家，严世蕃被嘉靖皇帝赐死，胡宗宪也受到牵连，遭到徐阶一伙人的弹劾。徐阶给胡宗宪搜罗了贪污军饷、滥征赋税、党庇严嵩等十大罪状。这十大罪状中的每一条都足以置胡宗宪于死地，其中最致命的当然是那条"党庇严嵩"的罪名。虽然嘉靖皇帝最后念及胡宗宪在平息倭寇中的功劳，主动为他开脱："老胡绝非严嵩的人，他自从担任御史之后一直都是我在任用他，到现在快十年了。而且当年我还因为他抓获了汪直而给他加薪升职。如果现在你们要定他的罪，以后还有谁愿意给我做事呢？就让他退休回老家安度晚年，享享清福吧！"

尽管得到了老板的免死金牌，但在大多数人眼里，胡宗宪就是一名顽固的"严党"余孽。所以，即便他不光彩地退休回老家抱孙子，徐阶这伙人担心百足之虫死而不僵，仍然不肯放过他，继续搜集要将他置于死地的罪证。要知道，在扳倒严嵩父子之后，徐阶一伙代表的就是大明朝野的正义一方，他们说的每一句话都会得到舆论的绝对支持。"树欲静而风不止"，公元 1565 年 3 月，在胡宗宪退休两年之后，一场灭顶之灾终于降临在他的头上。

当时朝廷正在继续清算严党余孽。徐阶派的人在抄严世蕃的秘书，大明著名的制墨大师罗龙文的家时，意外找到了一封当年胡宗宪被人打小报告时写给罗龙文的一封求救信。胡宗宪在信中请求罗龙文帮他牵线，贿赂严世蕃给自己当靠山，更要命的是，这封密信里还有一道胡宗宪自己拟的董事长决议。贿赂严党，而且假传圣旨！徐阶拿到这封信的时候差点笑背气！他立即跑到老板那里告状。嘉靖皇帝看到这

想赢：人生没有躺赢，只有想赢

封密信和这道假圣旨，气得这些年修道养成的好脾气全都没了！他立即下旨逮捕胡宗宪！

现在就算老天爷帮忙，也不能免去胡宗宪的死罪了。这年 10 月，可怜的胡宗宪再次被关进京城的死牢。但他还想做最后一搏，于是在监狱给嘉靖皇帝写了一封上万字的亲笔信《辩诬疏》，想要向老板申诉自己比窦娥还冤。可惜的是，嘉靖皇帝永远没有机会看到这封绝命信了，因为这封信刚出监狱就被徐阶截获了。胡宗宪在监狱中苦等了一个多月，没有得到任何回应。胡宗宪明白，这一次他算是活到头了。他活了五十四年，荣华富贵享受过了，大风大浪也经历了，为国为民也立下过大功，心中也没什么遗憾了。但他不想死得这样不明不白，死后还要落一个奸臣的骂名。他唯有用自杀来证实自己的清白，于是在留下两句"宝剑埋冤狱，忠魂绕白云"的绝命诗之后，胡宗宪就自杀了。

只有戚继光清楚，胡宗宪不是严党，不是奸臣，他不属于任何一个党派，他只属于大明，他人生最大的理想就是彻底荡平倭寇。虽然戚继光知道自己的老上级死得冤枉，但他此时只能保持沉默。因为他现在的垂直领导张居正就是徐阶的学生，他不能因为一时意气用事得罪了徐阶，连累了自己的抗倭大业。

戚继光洒酒祭奠完老领导以后，自己又连喝了三杯酒，脸上的笑容十分凄楚，他似在自言自语："胡总，你不是严党，我也不是徐党。如果历史非要强加给我们一个身份，我、俞大猷和你都是抗倭这一党。我知道当年你为了抗倭大业做了一些违心的事情，这才玷污了你的清白，遭受了世人的误解，甚至给你带来了杀身之祸。现在你不在了，我也不知道抗倭的事业还能坚持多久，也许用不了多久，我就会步你的后尘！"

胡宗宪自杀后，戚继光一连几天左眼皮跳个不停。他很清楚，自己是胡宗宪最倚仗的老部下，而且严嵩、赵文华都帮自己说过话，稍有不慎，自己也会被当作严党余孽的一员。果然，属于戚继光的危机降临了。接替胡宗宪的赵炳然早就看戚继光不爽了，他命令戚家军分散驻防，变相地架空了戚继光的兵权。弹劾戚继光的信一封接一封地飞到了嘉靖皇帝的面前。所幸，在张居正的力保之下，戚继光比胡宗宪幸运多了，他不仅保住了性命，还继续担任福建总兵，指挥他的抗倭团队戚家军。

胡宗宪，字汝贞，号梅林。从老胡的字号可以看出，他是一个接受过传统儒家思想熏陶的人，内心肯定愿意追求高洁的品德。胡宗宪出生在名门望族，他的曾祖胡富曾是进士，官拜南京户部尚书。身在官宦世家，胡宗宪的才华自然不在话下，二十二岁就中了举人，二十六岁金榜题名中了进士。他的第一份职场工作只是一个七品县官。当县官时，胡宗宪做了两件让集团总部非常欣赏的事情：第一件就是发动群众扑灭了百年难遇的旱蝗之灾；第二件是凭借他的三寸不烂之舌招降了当地的土匪，不费一兵一卒就解决了积患多年的匪患。因为业务能力突出，胡宗宪直接升职加薪做了大明巡按御史。在巡按大同时，突然发生了士兵索要年终奖的叛乱事件。就在当地官员不知所措时，老胡亲自出马做士兵们的思想工作，三言两语就将叛乱平息了。这些事情都显露了他以后抗倭的文韬武略。

自大明开国以来，沿海就一直遭受倭寇骚扰，嘉靖帝接任朱氏集团董事长之后，倭患愈演愈烈。公元 1554 年 4 月，胡宗宪被嘉靖皇帝任命为浙江巡按御史，从此开启了他一生最辉煌的抗倭大业。目睹沿海百姓因倭寇而处于水深火热中，胡宗宪在董事长面前递交了军令状："我这次到浙江去，如果不能活捉汪直、徐海这些倭寇枭首，还东南沿海一片安宁，我就绝不回京！"来到浙江后，胡宗宪立即整顿明朝军队军纪涣散、软弱无能的积弊，他赏罚分明，很快就让军队的战斗力和士气得到了提升。

没过多久，工部的高管，集团 CEO 兼执行副总裁严嵩的干儿子赵文华在干爹的授意下到江南巡查沿海的军务。在此之前，胡宗宪和严嵩还没有多大的交集。这个赵文华不学无术，阴险狡诈，仗着干爹的权力胡作非为。胡宗宪当然清楚赵文华和严嵩这帮人的底细，他们在集团总部为了一己私利可以什么正事都不干，专门整人。当时的徐阶、高拱这伙人便是受到严党的压迫根本抬不起头，没有任何话语权。胡宗宪当然懂得礼义廉耻，这些年他加薪升职，都是凭借自己的真本事一步一个脚印走出来的。

但这一次，为了抗倭大业这个理想，胡宗宪变得现实了。他十分清楚，如果抗倭大业能够得到严氏父子的支持，无疑又多了一座强大的靠山。所以他几乎没有多想就主动讨好赵文华，用好酒好肉和美女供着赵文华，希望能搭上这条线进而攀上严总这棵大树。说到底，胡宗宪就是在利用严党的势力来铺平抗倭的道路。他的委曲求全很快奏效，严嵩父子也乐意将胡宗宪这个大才笼络在门下，希望今后能为自己所用。在大小严总的提拔下，胡宗宪很快就加薪升职为直浙总督，统领浙江、南直隶和福建等地的军队，同时他还可以根据需要调遣江南、江北等地的军队。掌握了绝对兵权的胡宗宪如鱼得水，他一方面招聘和重用杰出人才，先后提拔了俞大猷、戚继光等抗倭名将；另一方面还不断地在沿海开展声势浩大的军演，以此提高大明精锐的战斗力和威慑力。在抗倭战场上，胡宗宪亲临一线督阵指挥，即便有倭寇的流箭从身边射来，他连眼睛也不眨一下，早将生死置之度外。在胡宗宪的运筹帷幄之下，经过长达八年漫长而艰苦的战争，胡宗宪活捉了汪直，杀死了徐海，一举平定了浙江的倭患，并开始向福建周围的倭寇发动致命攻击。

正当胡宗宪朝着他抗倭大业的理想大踏步前进时，大明朱氏集团总部却发生了一场致命的权力更替——胡宗宪抗倭的坚实靠山大小严总突然垮台了。当时刚打赢翻身仗扬眉吐气的徐阶一伙就来鼓动胡宗宪，让他弃暗投明、迷途知返，弹劾大小严总，却被胡宗宪推托了。这时，正在抗倭兴头上的老胡没有意识到事态对他来说已经很严重了。他认为自己作为军人，只是单纯地消灭倭寇保家卫国，朝堂纷争和他没有多大的关系。而且作为一个接受过正统儒家思想教育的人，胡宗宪虽然不认可大小严总的很多做法，但自己毕竟是严总一手提拔起来的，自己的抗倭大业能得以施展，也得益于严嵩一党的扶持。于情于理，于公于私，他都不能在这个时候对自己的恩人落井下石。

可怜的胡宗宪，因为自己宁做奸臣不做小人的选择，更加坐实了他严党顽固分子的身份。所以胡宗宪的悲剧命运似乎从一开始就是注定的。他为了自己的抗倭理想，不惜恶心自己，委曲求全地向赵文华和严嵩父子这些奸臣寻求帮助。在严党垮台时，他又坚守自己做人的良知，拒绝说严党的坏话。这些都给他带来了灭顶之灾，让他在抗倭大业壮志未酬时含冤自杀。公元1572年，在胡宗宪自杀的七年后，大明朝廷终于为他平反，给他颁发了一个襄懋谥号的安慰奖。

历史已经化为尘埃，功过是非很难一锤定音。当我们再回头审视胡宗宪充满非议且悲剧的一生时，我们更应该警醒，在面临为了理想而需要做出有违自己做人底线的选择时，应如何把握这个度呢？

第四诀 「贝」字诀

第五诀

『凡』字诀

输赢很平常，凡心最可贵

　　兵法有云："胜败乃兵家常事。"世上没有常胜将军，人的一生输赢起落都很正常。但为什么有人一旦奏响成功的乐章就会遭遇休止符而停滞不前，甚至很快遭遇失败；还有人只要失败便一蹶不振，就此消沉，再无翻身之日呢？说到底，这考验的是我们在面对输赢时的心态。那么，应该如何正确看待输赢呢？"回首向来萧瑟处，归去，也无风雨也无晴。"现实生活就是如此，"月满则亏，水满则溢"，当我们有幸得到一些东西时总会失去一些东西，当我们失去一些东西时未必没有新收获。所以，失败时我们必须坦然面对，成功时也要保持一颗平常心。只有让自己保持一颗不以物喜、不以己悲的凡心，我们才能生活得从容淡定，才可能在成功处更上一层楼，在失败处卷土重来。

姜子牙为何钓鱼不用饵

很多人抱怨，我之所以不能成功，是上天欠我一个机会。事实上，不是所有机会都摆在台面上轻易被人看到，有些机会总是隐藏在暗处。如果你总是非常急躁，怎么能保持清醒的头脑和理智的认知去寻找和把握机会呢？越是在平凡落寞的时刻，越需要心如止水守得住寂寞，只有这样，才能让我们得到机会的垂青。

商朝末年，渭水河畔，这天晴空万里，原野上一片生机勃勃。西岐周氏集团的董事长周文王姬昌张弓搭箭，策马奔腾，正在猎杀一只野鹿。受伤的野鹿从树林逃出来，往河岸狂奔。等周文王赶到河边时，已经没有了猎物的踪影。正当姬老板有些失望时，他突然看到几米外有一个戴着草帽的老头坐在河边钓鱼。老头丝毫没有受到姬老板这边马蹄声的影响，似乎沉浸在一个忘我的境界中。

姬老板被这个老头吸引，他跳下马背将宝马拴好，然后悄悄来到老头身后，这才看清老头须发斑白，少说也有七十岁的高龄。老头钓鱼钓得太专注了，丝毫没有发现身后有人。再定睛一看，姬老板不禁暗暗称奇：这老头鱼线上的鱼钩竟然是直的，而且上面根本没有鱼饵。鱼线在阳光下飘来飘去，并没有沉进水里。姬老板也是一个钓友，他一时弄不明白老头这样钓鱼的秘诀是什么。

正当姬老板感到丈二和尚摸不着头脑的时候，老头突然喃喃自语起来："鱼儿鱼儿快上钩，愿意上钩的就跳出来上钩喽！"老头这顿操作顿时把姬老板逗笑了。老头听到笑声，这才回头看了姬老板一眼，冷冷地问道："先生为何发笑？"姬老板是一个非常讲礼貌的人，他意识到自己有些失礼，赶紧给老头道歉。但心里还是憋不住想笑。

"老人家，您这样笔直的鱼钩，而且又没有鱼饵，鱼儿怎么会上钩呢？"姬老板说出了自己的困惑。这下反而是老头大笑起来，他虽然年事已高，但声音依然犹如洪钟："先生如何知道没有鱼饵的直钩就不能让鱼儿上钩呢？只要鱼儿自己愿意，它就会自己到钩上来。"姬老板陷入沉思，老头的这番解释太具有哲理性了。望着眼前的姬老板，老头突然问道："如果老夫没有猜错，先生就是被纣王囚禁多年，刚刚被放回西岐的周文王姬昌姬老板吧？"姬昌瞪大了眼睛，他立即意识到，自己很可能就是对方蓄意钓的那条大鱼。

"老人家是如何知道我的身份的？"姬老板饶有兴趣地问道。老头没有直接回答他的问题，而是突然抬起头，摇头叹息说："要变天喽，要变天喽。纣王无道，贪图享乐，沉迷美色，又将你这头老虎放虎归山了！这个天下怕是要改姓姬了！"要是遇到其他性格冲动多疑的人，听到老头这般胡言乱语，暗示自己要谋反，肯定会将他暴打一顿。但姬昌并没有生气，而是对这个老头的见识和眼光非常钦佩。

此时的姬老板正在求贤若渴地四处招聘能人异士，既然老头能一眼看穿自己的身份，一语猜中自己想要谋取殷商财产和土地的野心，他一定是隐居在乡野的圣贤。姬老板赶紧恭恭敬敬地给老头行礼，谦卑地询问起老头的身份。老头笑眯眯地望着礼贤下士的姬老板，便介绍起自己来："老夫家住吕地，姓姜名尚，字子牙。我就是一介江湖草民，在朝歌卖过牛肉，在黄河边上卖过酒。但因为不会做生意亏了本，就跑到这里钓鱼散心了。"一听老头是吕地姜氏，姬老板更觉得这位姜子牙了不得，因为吕地姜姓的远祖就是炎帝。

姜子牙见鱼儿上钩也不装了，开始滔滔不绝地给姬昌分析起天下大势，他上知天文下通地理，对政治和军事方面的研究造诣深厚，尤其对目前的政治形势更是见解独特深刻。他认为纣王已经失去了民心，改朝换代不可避免，现在就需要一个德才兼备的君主站出来推翻它，建立一个新时代，让天下黎民安居乐业。姜子牙的每个字都说到姬老板的心坎里，他苦苦寻找的这个圣贤不就在眼前吗？于是他立即恳请姜子牙到西岐共同创业。姜子牙爽快地答应了。

随后，姜子牙被周文王聘任为国师，不久又给他升职加薪并拜为CEO，总管国家的政治、军事和经济。早在周文王的老爸周太公季历在位时，就非常渴望姜子牙这样的圣贤，现在总算实现上任董事长的心愿了，于是西岐的老百姓便尊称姜子牙为"太公望"，后来大家觉得"太公望"叫起来绕口，便将"望"字省略掉，直接叫其姜太公。

姜子牙没有辜负老板的信任与厚望，他很快将自己掩藏了大半生的经国之才展现出来，对内发展国民经济，不断提高西岐人民的幸福指数；对外兼并周边部族的企业，不断开疆拓土，变相削弱商朝的实力。在姜子牙的辅佐下，周文王成功兼并了犬戎、密须、嗜、阁等部落小国，并将效忠商朝的崇国据为己有。周文王还在崇国上营修建了一座丰城，并将集团总部迁到了这里。等到周文王即将卸任退休时，周朝的国土已经大大地扩张，逐步逼近了纣王的集团总部朝歌，为后来的武王伐纣留下了丰厚的遗产。

让我们再来琢磨一下姜子牙七十多岁前大隐于市的平常心。像他这样深藏雄韬伟略的治世大才，竟然在古稀之年未立寸功，甘愿混迹市井做点小生意，闲来就游山玩水、钓鱼致情，这需要多么大的耐力才能忍受如此漫长的寂寞啊！换了其他人，拥有他那样的才干和理想，早就按捺不住一颗雄心找地方施展才华了。姜子牙这种超脱的心态不刚好证明了他平凡背后的智慧吗？他很清楚自己的实力，但他绝不会随随便便就展示自己的实力，因为他一直在等待一个一举成名的机会！而在他心目中，只有类似周文王这样完美的老板，才能真正给他这样一个机会！

所以，七十多岁的姜子牙坐在渭河边用无饵的直钩钓鱼时，他绝不是在追求标新立异，更不是在消极避世，而是在这种平淡无奇的生活中，通过这种方式来洞察天下大势，伺机实现自己的理想。同样的，我们在面对喧嚣尘世的激烈竞争时，如果一时未能得到施展才华的机会，长时间未能取得成功，也应该保持一颗智慧的凡心，在隐忍中磨炼自己的心态，强化自己的能力，就一定能钓到那条逆转人生的"大鱼"。

在《封神演义》小说中，姜子牙辅助周武王完成伐纣的伟业后，手握封神榜，为讨伐纣王做出贡献并献出生命的各路神仙举行封神大典。很多功劳还不如姜子牙的神仙都得到了封赏，但厥功至伟的姜子牙却没有入选封神榜。这再次证明了姜子牙的智慧，哪怕是自己功成名就之时，依然能保持一颗超凡脱俗的凡心。当然，封神榜的故事只是伟大的玄幻小说家许仲琳想象出来的。但至少在他和世人的心目中，姜子牙就应该从平凡中走来，然后又从成功的巅峰回归平凡。

第五诀 "凡"字诀

赤壁大火烧不尽曹操的野心

对待人生中的小失败，我们可能会以"失败是成功之母"聊以自慰并迅速调整心态，但如果遭遇重大挫折，自己所有的努力和成功荡然无存，这时还能保持一丝从容淡定的微笑，才是真正的赢家大心脏。

公元 209 年春分时节，距离赤壁长江熊熊的大火熄灭快三个月了。此刻，五十三岁的曹操独自坐在许都曹家大院的后花园，品着刘协刚刚送来孝敬他的明前茶。他家的花园种满了从洛阳南宫移植的牡丹，再等一个月，这些含苞待放的花蕾就将怒放，尽情展示昔日东汉帝国南宫中特有的雍容华贵。

春风撩人，让曹操禁不住深呼吸一口新鲜空气。去年 12 月，刘备和孙权这两个老对手联手放的一把火几乎烧光了曹操全部家底，让他一夜间又增添了很多白发须。赤壁投资惨败回家后，曹操大病了一场，身体每况愈下，精神状态也比从前消沉了好多。

但毕竟家业还在，要养活这么多人，曹操不得不迅速调整自己的心态。谁都可以垮，唯独他必须继续撑下去。但无论如何，想要在有生之年实现自己统一天下的宏愿，看起来已经不大可能了。

曹操习惯了一个人独处时反思自己。一束春光，一杯春茶，让曹操此刻的心绪渐渐得以平静。这时，曹操突然听到空中传来一阵整齐的雁鸣声。他立即抬头，看到一排大雁朝着西北方的塞外飞去。

这一刻，曹操联想到自己戎马一生，经历了无数沉浮，曹老板马上变身曹诗人，对着大雁逐渐远去的身影，吟诵出了他晚年那首著名的五言律诗《却东西门行》："鸿雁出塞北，乃在无人乡。举翅万余里，行止自成行。冬节食南稻，春日复北翔。田中有转蓬，随风远飘扬。长与故根绝，万岁不相当。奈何此征夫，安得驱四方！戎马不解鞍，铠甲不离傍。冉冉老将至，何时返故乡？神龙藏深泉，猛兽步高冈。狐死归首丘，故乡安可忘！"

很快，这篇作者署名"阿瞒"的《却东西门行》就成为这个春天最火爆的网红诗，在许都的大街小巷传唱着。阿瞒的狂热粉丝们读了这首诗，无不欢欣鼓舞热泪盈眶。因为过去两三个月，坊间流传着很多谣言，说他们的曹老板经受不了赤壁之战的打击，已经失去了昔日的风采和雄心，气数将尽。

阿瞒的这首励志诗，显然让那些消极的流言不攻自破：他们敬爱的曹董仍然是那个豪情与野心并存的枭雄。虽然岁月夺走曹董的青春，但他仍然没有卸下战马的征鞍，他还是那个威风八面的铠甲勇士，是藏在深渊的神龙、漫步山岗的猛虎！即便有一天真的光荣了，头颅也要像雄狮那样向着山丘！

虽然赤壁那一场大火差点让曹操赔光家底，粉碎了他想迅速统一天下的梦想，让曹操的精神受到了极大的创伤，但他真正受打击的不是在赤壁赔进去的家底，而是他感觉自己老了。投资失败了，下次还可以赚回来，但逝去的青春和年华，又怎么能赚得回来呢？再说，还有好多烦心的事情等着他去处理，比如他和汉献帝刘协的关系要如何收场，自己一辈子打拼的家业真的要拱手还给汉室吗？他内心究竟想做"周公"还是做"周文王"？如果决心要做"周文王"，几个儿子中谁才是最好的继承人呢？身边的这些高管在赤壁投资失败之后，会不会对自己起了异心？那段时间，曹操几乎每天都在想这些问题，却是剪不断理还乱。

不管怎样，曹操都要尽快做出决断了。人越是到了老年，就越能感受到时间带来的压迫感。曹操的内心很清楚，依照目前这种形势，再去攻打孙刘统一天下已经很不现实了，他首先要做的是要巩固自己的地位。至于统一天下，以后慢慢进行吧！"如果我有生之年未能如愿，还有我的儿孙继承遗志呢！"曹操想了多少个日日夜夜，终于做通了自己的思想工作，他决定做"周文王"。因为他知道，如果将这片家业归还给刘协，老曹家肯定会被一并清算，全部完蛋。但是要想让大魏上市公开代汉自立，现在的资本和实力还差那么一点点。所以曹操决定继续打，打不赢孙刘，就打其他人，打完其他人再去打孙刘，直到打服天下人归心为止！

"烈士暮年，壮心不已"，重新振作起来的曹操接下来干了三件大事。

第一件大事就是平定凉州。公元211年3月，曹操派钟繇和夏侯渊到关中出差，准备顺道兼并汉中张鲁的企业。这时关中大老板马超、韩遂等人担心曹操的真实用意是打着兼并张鲁的旗号来霸占他们的家业，于是二人与凉州十大家族迅速结盟，先发制人地攻打潼关与曹操叫板。我们都知道西凉人骁勇善战，打起仗来不要命，而马老板乃伏波将军马援的后代，更是当世一员猛将。曹老板为了证明自己还没有老，同时为了鼓舞团队信心，这一次他亲自带头到西凉出差。董事长亲自坐镇，在赤壁受挫后低迷一年多的曹军士气大振，大破西凉联军。这一战从春天打到深秋，既打出了曹魏集团的风采，又打出了曹魏集团的实力，让孙刘看了也禁不住倒吸一口凉气。千万别以为老曹真变脆弱了，毕竟瘦死的骆驼比马大！曹操平定关中之后就回许都了，留下夏侯渊继续讨伐马超。曹军势如破竹般进入羌、氐，夏侯渊虎步关右，一举平定凉州。

曹操从关中回来后就着手办第二件大事了，那就是准备称王。心思缜密的他将这步棋分成了三步，第一步是让刘协给他"参拜不名，剑履上殿"的特权，此时是公元212年。曹操想要的这个特权确实比较过分，因为自古以来只有那些对国家做出过特殊贡献的人才可能获得这种不用通报就可以佩带武器见皇帝的特权。但在曹操眼里，汉献帝就是一个木偶而已，不足为惧。此时的东汉早已名存实亡，刘协人在曹操的屋檐下不得不低头，便把这个特权给了曹操。曹操称王的第二步就是获取"魏公"的名号。公元 212 年 5 月，刘协再次满足了曹操的心愿，册封曹操为魏公，将邺城作为国都。曹操称王的最后一步，就是逼迫汉献帝封自己为"魏王"。公元 216 年 4 月，汉献帝册封曹操为魏王，位居诸侯王第一，与汉献帝讨论事情时可以不用谦虚地称臣，接受汉献帝的诏书时可以不跪拜。心满意足的曹操名义上还是一个汉臣，事实上已经享受皇帝的特殊待遇了。曹操通过这波称王的神操作，成功走出赤壁投资失败的低谷。此时，在天下人心目中，其威望反而比赤壁大战前更高了。

曹操做的第三件大事就是争夺汉中。公元 215 年 3 月，刘备逼迫同宗家门刘璋将益州送给了自己，曹操见状自然不甘人后，他再次亲自率领十万大军攻打汉中，招降了张鲁。由于汉中是益州的门户，刚刚在益州站稳脚跟的刘备顿时慌了，他率先发难，在公元 217 年攻打汉中，单挑曹操，双方各有胜负。此时的曹操已经六十三岁了，他终究还是没有扛过岁月齿轮的无情碾压，生命已进入倒计时，也无心与刘备纠缠，便主动放弃了汉中回家了。或许此时的某个瞬间，曹操还会回想起多年前与刘备煮酒论英雄时，刘备因为他的一句"天下英雄，唯使君与操耳"吓得筷子都掉了的经典场景。

不管怎样，曹操在遭受赤壁投资失败的重大打击后，没有一蹶不振，而是审时度势地调整统一天下的策略，主动由进攻转为战略防御，成功建立了遏制东吴和蜀汉的边境防线，逐渐将对孙刘的战争引向对曹魏集团有利的方向，一点点抹去了赤壁之战时留在曹魏心中的阴影。赤壁之战后的十二年，也是曹操辉煌一生中的最后十二年，也许和盛年时那个"挟天子以令诸侯"的曹丞相相比，内心和行事都相对柔和的曹操，反而更让人感受到其成功和令人敬畏的一面。

第五诀 「凡」字诀

谢安四十入仕也风流

世界上最难定义的就是"成功"这个词语。对于心态平和的智者而言，成功并不一定要成就多么伟大的事业，只要自己生活得开心，平平淡淡的人生也是一种成功。反之，哪怕你事业上的成就再高，却让名利成为负担，每天过得很累，体验不到生活的乐趣，这样的人生也是失败的。

公元 742 年的某一天，四十一岁的李白被几名年轻漂亮的歌女嘻嘻哈哈地簇拥着，来到绍兴东山谢安的墓前，隔着三百多年的时空凭吊他的偶像。每次事业遭遇挫折，或者受委屈时，李白都会到谢安墓前喝几杯酒，和偶像聊几句，并用谢安的事迹安慰自己受伤的心灵。更过分的是，每次他都会让一个美女歌女作陪。

这天李白就更过分了，竟然带好几个歌女同行，而且还和这些美女一起喝醉酒在偶像坟头载歌载舞。正在兴头上的李白即兴为偶像吟唱了一首《东山吟》："携妓东土山，怅然悲谢安。我妓今朝如花月，他妓古坟荒草寒。白鸡梦后三百岁，洒酒浇君同所欢。酣来自作青海舞，秋风吹落紫绮冠。彼亦一时，此亦一时，浩浩洪流之咏何必奇？"

李白一生为谢安隔空创作了三十多首诗向偶像致敬！这首《东山吟》毫不避讳地告诉大家，李白和谢安最大的共同爱好就是冶游。在李白心目中，谢安比自己风流百倍，"谢公自有东山妓，金屏笑坐如花人"，李白这两句诗，便是表达了自己对谢安坐拥如花似玉歌女的羡慕。那么这位谢安究竟有什么人格魅力，竟然让中国历史上最伟大的诗圣变成他的"小迷弟"？很显然，绝非只是因为李白和他有冶游这点共同爱好这么简单。

谢安，又名谢东山，东晋杰出的政治家，中国古代最著名的淡定一哥。谢安是一个根正苗红的官二代。他的老爸谢裒是东晋王朝的太常卿，正三品高官，掌管司马家族的宗庙礼仪。谢安四岁时，人力资源部部长桓彝来参加他的生日宴，看到俊俏的谢安不停地夸耀："小安安风采清秀，神态明达，将来一定比王东海更有出息！"要知道，这位王东海同志是东晋初年的第一名士，性情淡定，清心寡欲，善于清谈。看来，谢安从小就具备了淡定的特质。谢太常听了非常开心，也觉得儿子将来一定是一个经世之才。确实，少年时的谢安就是一个神童，他思维敏捷，神态沉着，言谈流利，而且还写得一手漂亮的行书。

让谢太常大失所望的是，他的这个宝贝儿子特立独行，似乎天生就对做官不感兴趣。尽管集年轻英俊和才华于一身的谢安已经是上流社会官太太们垂涎欲滴的偶像，当时的名士王濛和CEO王导对他青睐有加，但谢安却不想凭借官二代的身份走捷径得到高官厚禄。朝廷几次召他做官，都被他以身体不好推脱了。为了躲避人力资源部的骚扰，他干脆跑到东山隐居起来，要么纵情山水，要么纵情于歌女的怀里和酒杯中。这期间，谢安还广交朋友，结识了大书法家王羲之等名士。他经常和王羲之这些朋友一起结伴出游，上山抓鸟，下河捉鱼，就是不愿意去朝廷做官，弄得东晋集团的高管们很没有面子。

还好谢安有一个叫谢万的弟弟，他没有像哥哥那样过闲云野鹤的生活，而是满足老爸的愿望去给东晋王朝守边关。尽管如此，隐居东山的谢安还是比弟弟名声更大，大家都认为谢安的才能和声望可以做东晋集团的CEO。公元359年，谢万奉旨北伐，攻打前燕，却吃了败仗。可怜的谢万因此被剥夺了一切职务，成为一个庶民。这场变故也让谢安的家族根基出现了动摇。为了挽救家族的命运，谢安不得不结束自己每天与歌女狂欢，与好友同乐的洒脱生活，走进了朝堂。这一年，谢安已经四十一岁了。

当时的东晋实力派高管征西大将军桓温早就仰慕谢安，第一时间把刚出山的谢安招揽到军队中担任军师。谢安前去赴任时，几乎所有的东晋集团高管都来给他送行，足见谢安在他们心目中的地位多么崇高。一个叫高崧的高管和谢安开起了玩笑："谢兄经常违背朝廷的好意，一直在东山高卧。我们便经常议论你，如果你直到老死也不肯出山，你将如何面对江东父老？现在你却出山了，又让江东父老如何面对你呢？"谢安听了，竟然觉得很不好意思。或许此时他在想：我已经潇洒了四十多年了，后半生也应该为家族、为国家、为百姓做点什么了。这便是成语"东山再起"的由来。

进入东晋集团职场后，谢安依旧保持着自己惯有的从容淡定。到桓温那里上班之后，桓温对他十分器重。这天有人为了讨好桓温，给他送来了一种名叫"远志"的补药。此人嫉妒谢安的才华，又眼红桓温对他的信任，于是故意在谢安面前问桓温："大将军是否知道，这个草药还有一个名字叫小草？"桓温瞪大了眼睛询问缘由。这人阴阳怪气地说："这种药材隐藏在山石里面的那部分叫远志，而露在山石外面那部分就叫小草！"桓温顿时明白了，这家伙是在嘲讽谢安出山当官违背了自己当初的意愿，是一种没有骨气的行为。桓温以为口舌伶俐的谢安会毫不客气地反击对方，正等着看一场好戏呢。谁知谢安优哉游哉地喝着酒，仿佛根本没有听懂这个人话中带刺。也许在谢安看来，我东晋第一"淡定哥"，何必自讨没趣和一个无名无才的人斗嘴呢？

谢安给桓温做了两年的秘书，这两年里他也没干出什么名堂。桓温养着他，纯属给自己积累人气和关注度。公元361年，谢安在跟着桓温北伐时，弟弟谢万在忧愤中病死了。谢安厌倦了这种枯燥的军旅生活，于是借机写了一封辞职报告便回家奔丧了。没过多久，谢安就被朝廷调到吴兴郡当太守，一晃又是五六年。在这段日子里，谢安的官还是做得平平淡淡，没有出什么成绩。当他卸任时，竟然有很多老百姓前来送行，舍不得他这个躺平多年的太守离开。他的无为而治，没有给当地的老百姓太多压力，这和真正的躺平还是有着本质的区别。重新回到集团总部的谢安，官越做越大，很快升职加薪担任人力资源部长，同时还掌管禁军。

公元 373 年，桓温回到集团总部向刚刚接任董事长的孝武帝司马曜汇报工作。这位东晋集团的新董事长是个手无缚鸡之力的孩子，而此时的桓温掌握着东晋的所有兵权，已经有了取而代之的野心。为了试探桓温是不是要真的谋反，太后就让桓温的老熟人谢安和另一个高管王坦之到新亭去为桓温接风洗尘。此时总部人心浮动，谣言四起，纷纷传言桓温要杀掉谢安和王坦之这两个实力派高管，为他谋反扫清障碍。桓温到达之后，所有高管都夹道叩拜。桓温派重兵将整个酒楼团团围住，高管们都非常惊慌，王坦之更是吓得汗流浃背，将笏板都拿反了。唯有谢安面不改色，非常淡定地就座。他和桓温假意叙旧了一番之后，不慌不忙地问桓温："桓总，我听说这天下品行高尚的诸侯都是为国家镇守四方，您今天安排了这么多军人躲在包厢外面，是想表达什么意思呢？"谢安突然将了桓温一军，整得这位东晋王朝反派大 Boss 反而不好意思了，他只好命令埋伏好的官兵全部撤走，又和谢安继续谈笑叙旧。生死关头，谢安的淡定和机智让桓温没有机会对他和同事痛下杀手。过了不久，桓温便心有不甘地回自己边关的工作岗位上班了。

司马曜这个年轻又不懂任何职场厚黑学的董事长应该庆幸身边有谢安这个"淡定哥"，在谢安殚精竭虑的辅佐和保护下，东晋王朝最终度过了面临破产的最危险的一段时光。就在这一年的 3 月，谋反不成的桓温突然得了一场大病，他也许预感到自己时日无多，就厚起脸皮请求孝武帝赐予他九锡这一诸侯最高礼仪，还指使人力资源部的一个官员帮他写奏表。后来谢安见到这封奏表，便故意说里面用词不当，要拿回家亲自修改。结果改了十多天，直到桓温死的那一天都没有改好，于是桓温欲加九锡的愿望也就落空了。这位反派大 Boss 咽气前一定后悔当初没有杀了"淡定哥"。

东晋集团虽然幸运躲过了桓温引起的内乱，却很快陷入强大外敌前秦老板苻坚的虎视眈眈之中。公元 377 年 7 月，谢安开始全面指挥与前秦的战争，他和自己的侄儿谢玄训练出了一支战斗力爆表的北府兵，杀得前秦军队丢盔弃甲，毫无招架之功。苻坚非常生气，后果非常严重。公元 383 年，他亲自率领百万雄师南下，想要一举吞灭东晋，做天下人的老板。当时东晋的兵力不足苻坚的十分之一，这让谢玄心里很没底，就去请教叔叔这个仗如何才能打赢。谢安一脸平静地看着焦虑的侄儿，告诉他不要慌张，朝廷已经做好了安排。然后，便再也不说话了。谢玄不甘心，又让自己的好哥们张玄去叔叔那里打探朝廷究竟有什么锦囊妙计。这时，东晋王朝的淡定一哥已经驾车到自己东山的别墅度假去了。

大战在即，敌强我弱，作为北府军统帅的谢安竟然有闲情去东山度假，张玄也是醉了。等张玄气喘吁吁地来到东山时，谢安笑嘻嘻地对他说："小张，我听说你是围棋九段高手，敢不敢和我赌一局？"张玄气恼地问道："谢总想要如何赌？"谢安指着自己豪华的半山别墅说道："我只是一个业余的围棋爱好者，我们一局定输赢。你要是赢了我，我的半山别墅连同里面的美人歌女一起送给你。你要是输了，就把你城里那套小联排送给我！"张玄心想，这不是天上同时掉下馅饼和林妹妹吗？于是便和谢安拼起了棋艺。下棋的时候，张玄一想到苻坚凶神恶煞的嘴脸，心里就发慌，根本集中不了精神，最后竟然爆冷输给了谢安。谢安站起来，对在旁边观棋的外甥羊昙笑道："小张的联排归你了！"说完，就把张玄扔到一边，带着两个美女爬山捣鸟窝去了。直到天黑的时候，谢安尽兴而归，这才将北府军的将领们召集起来，详细地说了自己的破敌计划。

不得不说，谢安这种天塌下来都不慌的性格，得益于他四十岁以前那段东山隐居时淡泊自处的生活，这段经历打磨出他冷静和从容的处事态度。这时，身在荆州的桓冲听说首都告急，便打算派三千精锐到建康勤王。谢安对这位远道而来的信使说道："保护集团总部的事情，我都安排妥当了，你回去转告小桓，让他做好自己的事情，把西南边防守好就行了。"桓冲听到信使的报告后，对自己的下属哀叹："谢总这种不怕死的精神的确让我佩服，但他根本就是拿打仗当儿戏。眼看苻老板的百万精锐就要到了，他竟然还有心情游山玩水。他们北府军不足十万，指挥官都是一些乳臭未干的小孩。看来我东晋集团要破产了！"

这年11月，谢玄按照叔叔的计划派了五千精兵奇袭洛涧，大获全胜。一个月后，谢安统领的八万北府军和苻坚号称的八十万秦军在淝水展开决战。苻坚不顾高管们的建议，准备半渡淝水掌握主动权。当秦军后撤时，北府军突然渡水袭击，并高喊："前线的秦军败了！"秦军顿时自乱阵脚。北府军趁机全力出击，彻底击溃了秦军，书写了中国古代战争史上又一例以少胜多的经典战役。苻坚在狼狈逃命时，还留下了

"风声鹤唳草木皆兵"的历史笑柄。

当侄儿派人将淝水之战的捷报快递给谢安时，谢安正在东山别墅和朋友下棋。他将捷报看完，神情平静得不见丝毫喜色。朋友反倒憋不住了，问他战场的状况，谢安轻飘飘地说了一句："没什么，北府军这群乳臭未干的小孩已经打败苻坚了！"想必是桓冲藐视谢安的话早已传到他耳朵里了。等到送走客人之后，这位淡定哥终于抑制不住内心的狂喜，手舞足蹈地冲进房间，竟然将鞋帮子都跑断了！看来在没有人的时候，东晋淡定一哥也有不淡定的时候。

淝水之战的胜利，让谢安在东晋集团职场上的声望达到了顶峰。功高震主，这反而让身居一人之下万人之上的谢安开心不起来了。而且，这时他和孝武帝已经有了一些小隔阂。谢安觉得，与其这样担惊受怕地过日子，还不如交出权力，继续回东山过隐居山野的闲适平淡生活。公元 385 年 4 月，谢安主动给孝武帝递交了提前退休的辞职信。孝武帝见谢安如此识相，自然非常开心，亲自给他摆了一桌酒席送行。遗憾的是，谢安最终没有实现回到东山安度余生的愿望，因为六个月之后，这位六十六岁的东晋淡定一哥就在建康去世了。而因为他的存在淡定了二十年的东晋王朝随后也变得不淡定起来，仅仅三十五年后就灭亡了。

纵观谢安风流淡定的一生，无论是隐居东山，还是身居朝堂高位，他始终都保持着一份从容，以及一种看似不羁实则是为了让自己每天都过得开心快乐的乐观心态。如此人生，不愧为大赢家的人生。

陶渊明的桃源人生

如果一个人总是经历失败，在一次次挫折中消耗完所有的精力和勇气，这时不如重新审视自己，换一种"躺平"活法，看似知难而退，或是退而求其次，实则可能会有新的转机。在无法克服的困难面前，适当地放弃不失为一种人生智慧。

公元 405 年，四十一岁的陶渊明在彭泽刚做了八十三天的县令。这是陶渊明第五次从政，前四次，他当过江州祭酒、在军队做过幕僚，但每次都因为过于清高，看不惯官场腐败和社会黑暗愤然辞职。回家种了几年地，家里实在揭不开锅时又出来上班。如此反复地辞职、找工作，再辞职，陶渊明对从政的热情越来越低。

这一次，他同样是因为家里没钱买盐，被亲戚朋友一顿数落后被迫出来找工作的。在彭泽任职的时候，家人都劝他不要再意气用事了，虽然县官不算多大的官，但让一家人过

196

上小康生活完全没有问题。陶渊明不忍心家人受苦，告诫自己要改掉自己的臭脾气。可惜，陶渊明依然看不惯官员们相互欺诈，不择手段地争权夺利。

这天，郡里派了一个督邮到彭泽县视察工作，这位官员是郡守的亲戚，态度粗俗傲慢，仗着郡守的关系作威作福。他刚到彭泽县旅舍就盛气凌人地让人通知陶渊明请他宴饮冶游。陶渊明的秘书接到命令，赶忙跑来给陶渊明汇报。陶渊明听说这个臭名远扬的官员来了，心里非常不高兴，但也只好放下纸笔，打算和秘书去见这名官员。秘书见他还穿着睡衣，急忙提醒他："陶总，人家好歹是郡里来的官，您应该穿上班的正装见他才好。这样穿着睡衣去见他，他肯定会觉得您不尊重他，一定会在郡守面前说您的坏话。"陶渊明本来就看不惯这个狗仗人势的官员，一听秘书说还要穿正装请他喝酒，压抑很久的牛脾气顿时爆发。他狂笑一声，怒声说道："我宁愿饿死，也不愿意为了区区五斗米的工资给那个势利小人卑躬屈膝、鞠躬作揖！"

陶渊明索性写了一封辞职报告，将它和官印一起交给秘书，说道："我不干了！"然后，他迅速收拾好行李扬长而去。秘书呆若木鸡地站在那里，望着陶渊明潇洒远去的背影，叹息道："自作孽不可活，自作孽不可活啊！"陶渊明人生最后一次职场生涯短短八十三天就宣告结束。从那以后，心灰意冷的陶渊明再也没有出来做过官。他带着一家人到庐山建木房、垦菜地、养鸡鸭，过起了躺平的隐居生活。

放在今天这个社会，陶渊明这些动不动就要性子辞职的行为，会被认为是他社会适应能力太差，不懂得委曲求全。

陶渊明职场不顺，虽然和他的性格及世界观有关系，但也是被当时社会现实连累。东晋末期，门阀等级制度非常严格，一般的读书人要想在官场有一个美好的前途，必须有名门望族的啃老资本作为坚强的后盾。虽然陶渊明的祖爷爷和爷爷做过官，他的爷爷甚至还当过郡守，但陶渊明出生时已经家道中落，他已无老可啃，只能算一个寒门学者。和那个时代所有的读书人一样，年轻的陶渊明曾经以梦为马，想要为国家和人民做出一番贡献。可惜的是，他在成长过程中经常被世族子弟排挤和嘲讽，一身傲骨的他自然就站在了对抗社会现实的一面。就像他在自己诗里写的那样："少无适俗韵，性本爱丘山！"残酷的社会环境让他很难适应，自然而然就萌生了避世躺平的念头。

黑暗的政治环境、接连不断的军阀混战，将富饶的江南变成了千里无人烟的人间炼狱。当时很多没有拼爹能力的大学者和陶渊明一样效仿竹林七贤，为躲避天灾人祸纷纷跑到深山老林隐居起来，所以陶渊明的躺平思想在当时的学术界和文艺界还算是一种主流思潮。既然纷乱的现实中没有他们的立足之地，他们只能放弃世俗功名，换一种更清闲安全的生活方式，一边耕读养家糊口，一边静心做学问搞创作。这种躺平思想和官场失意后一味地自暴自弃有着根本不同。

陶渊明能变成一个名垂青史的田园派大诗人，也是归隐山水的选择成就了他真正的人生价值。他的很多经典作品，比如《归园田居》《桃花源记》等都是在过上隐居生活后才创作出来的。试想，如果陶渊明和大多数世俗之人一样，因舍不得五斗米的薪水继续混迹官场，以他无权无势的家庭背景，顶多变成一个圆滑世故、善于溜须拍马的小官，凭着领导的信任和自己手里那点小权力多挣几斗米而已。如此一来，中国历史上就少了一个德艺双馨的大诗人了。

所以，无论一个人在职场，还是自己创业做生意，如果总是遇到挫折而又无法改变，不如向陶渊明学习换一种活法，也许反而会迎来"山重水复疑无路，柳暗花明又一村"的新生。

陆羽有禅心，方才著《茶经》

有的人一生一帆风顺，没有经历过什么苦难。有的人运气差到极点，可能从刚出生就面临生死考验。如果我们将苦难视为生活中的一种历练，在与命运抗争时变得心境淡然，那么，以后人生路上遇到的所有难题都可以迎刃而解。

公元733年深秋的某个清晨，路边的落叶上铺满了一层薄霜。湖北竟陵龙盖寺的住持智积禅师从外地讲经回来，路过郊外一座石拱桥时，突然听到桥下传来一阵雁群的哀鸣声。他急忙走到桥底，只见一群黑色的大雁正用翅膀罩着一个刚出生两三天的男婴。可怜的男婴躺在杂草堆里，在霜冻之下奄奄一息。智积禅师悲悯地抱起男婴回到了寺庙。这时的智积禅师可能根本想不到，他的善举救下的会是后来中国历史上鼎鼎大名的茶圣。

智积禅师收养了这个可怜的弃婴。过了几天，他便抱着男婴来到寺庙旁边一个姓李的学者家里，想请李先生给孩子取个名字。李先生的女儿季兰刚满周岁，他见男婴的脸长得有些丑，额头上还有一块胎记，便顺着女儿的名字给男婴取名为季疵。李先生见季疵可怜，便将他留在自己家里。刚好女儿还没有断奶，李先生的老婆就用自己的奶水哺养季疵。

在李氏夫妇的精心照顾下，季疵一天天地长大，不仅相貌变得越来越丑陋，而且口吃。李先生有些失望，觉得这孩子可能就这样普普通通地活一辈子了。等到季疵八岁时，李先生一家要搬迁回老家湖州定居，他将季疵送回龙盖寺交还给智积禅师。就这样，季疵每天在禅师面前煮茶送水，做一些杂活。智积禅师对自己捡回来的这个弃婴非常疼爱，打算培养他成为自己的衣钵传人。他教季疵读书识字，朗诵佛经。季疵自己也勤奋刻苦，小小年纪已知识渊博，还会吟诗作对。智积禅师非常喜欢喝茶，季疵经常给禅师煮茶，慢慢就学会了如何取水、如何烧水、如何泡茶这些门道。季疵还跟着智积禅师游历各地，考察每个地方的茶叶和泉水，对茶道越来越有兴趣。所以，智积禅师不仅是他的救命恩人，还是他成为一代茶圣的启蒙老师。

有一天，智积禅师告诉季疵想让他继承衣钵的心愿，季疵却一口拒绝了。他对禅师说："我是您捡回来的孤儿，没有兄弟，如果出家了，就意味着再也不会有后代。圣人说，'不孝有三，无后为大'，虽然我不知道自己的亲生父亲是谁，但我还是不想自己的家族断后，所以我想学习孔孟之道。"智积禅师倍感失望，于是惩戒季疵，让他每天打扫寺院、清洗厕所、放牛，对季疵的态度也明显冷淡很多。转眼季疵就十三岁了，虽然生活在佛门净土，耳边听到的都是天籁一般的"梵音"，心中对禅也有所顿悟，但季疵还是不愿继续留在寺庙虚度光阴。

这天季疵趁着放牛的机会，扔下三十头牛逃出了寺庙。他知道这样偷偷离开愧对对自己恩重如山的智积禅师，"但世界那么大，我想去看看"，季疵真的想到俗世闯荡历练。他对自己说，等哪天闯出名堂了，再回寺庙向智积禅师负荆请罪。但从小在寺庙长大的季疵，哪里知道外面创业的艰辛？他在民间颠沛流离，吃了不少苦头。这天他看到一个剧组正在招群众演员，只为一份盒饭便兴冲冲地跑去试镜。谁知他这副丑陋的长相和天生的机智幽默搭配口吃时的口齿不清，竟然形成了强烈的喜剧效果。季疵很快就拥有了大批粉丝，成为当时最红的喜剧童星。他在娱乐圈的成功可以说是一种歪打正着，在大红大紫那几年，他还写过一本叫《谑谈》的畅销书，销量非常好。

可以说，季疵的人生直到此刻似乎没有表现出成为茶圣的任何迹象，反而像是奔着拿奥斯卡影帝去的。但茶道中有一句话说得好：品的是茶，静的是心，悟的是人生。弃婴出身的季疵，其人生写满了苦难，在寺院的童年生活让他对禅意有所领悟，学会了如何静心。成为娱乐明星后，他的胸襟更加开阔，面对任何苦难都可以把悲剧演绎成喜剧，用微笑来对待生活。这些经历都潜移默化地为他以后创作茶经、感悟茶道打下了基石。

公元 746 年，季疵终于迎来了他人生中一个重要的转折契机。这天，唐玄宗李隆基的本家叔叔，竟陵郡守李齐物来看他的演出。李齐物慧眼识英雄，一眼就洞察到舞台上努力卖笑的这个少年非常聪明，将来一定不同凡响。演出结束后，李齐物找到季疵，问他是否愿意放弃在娱乐圈打拼跟他回去读书。季疵虽然很喜欢当明星的感觉，但毕竟在那个年代，一个艺人再怎么红都很难挤进上流社会，所以季疵不假思索就答应跟郡守大人一起回去了。从此，季疵就住在了李郡守的别墅里，李齐物亲自教他学习诗文，还把他送到火门山的大学者邹墅教授那里考研。

这时，季疵决定给自己重新取一个名字。他翻开周易，占得了一个"渐"卦，卦上有两句话："鸿渐于陆，其羽可用为仪。"这个卦的意思就是鸿雁在天空飞翔的时候羽翼优雅，阵列整齐。陆羽又联想到，自己被父母遗弃时是一群大雁用翅膀保护自己才没有被冻死，于是就给自己定了"陆"这个姓，取了"羽"这个名，以及"鸿渐"这个字号。一代茶圣在改名换姓之后，终于以一种全新的人生面貌登上了历史舞台。

以后的季疵就叫陆羽了。陆羽在邹墅邹教授那里读了三年研究生，邹教授打心眼里喜欢这个学生，将学问倾囊相授。邹教授非常喜欢喝茶，对茶道的研究更加专业和深厚。在老师的熏陶和指点下，陆羽终于找到自己的人生理想，选择将研究和推广茶文化作为自己的终生事业。公元 753 年，十九岁的陆羽通过茶道论文答辩，辞别了邹教授，正式踏上茶圣的传奇之旅。这时的陆羽虽然还是很年轻，但已经算是茶文化学术界的青年才俊了。他的心境就如同他的新名字一样超凡脱俗，充满一股特有的灵气。

心境得到提升，人生变得从容的陆羽，好运也接踵而至。陆羽下山后决定创作一本《茶经》传播茶道。他的足迹遍布巴蜀、江浙、皖赣、两湖等地，每到一个地方，他都会向当地的老人请教茶事，将各种茶叶制成标本带回去研究，还会将沿途所学习的有关茶的见闻轶事记录下来。遇到山，陆羽就将马拴好，到深山采茶；遇到泉水便下马品尝水的味道。当时经常有人看到陆羽在深山老林，身披纱巾短袖，脚穿草鞋，一个人用拐杖击打树木，用手抚弄溪水，在山林里久久徘徊，直到夜幕降临才下山回家。

这期间，陆羽还结交了很多大佬朋友，包括大诗人司马崔国辅、状元郎黄埔冉、诗僧皎然和书法家颜真卿等名士。他们之中对陆羽研究茶道帮助最大、情谊最深厚的是诗僧皎然。公元760年，陆羽离开栖霞山到达苕溪，在妙喜寺拜访皎然。这时的皎然年过四旬，而陆羽只有二十六岁，两人一见如故，成了忘年交。皎然精通佛法和诗歌，还是远近闻名的茶艺大师。为了领悟茶道真谛，陆羽接受了皎然的建议，在妙喜寺居住了三年。似乎是命运的刻意安排，陆羽的童年时代是在寺庙中度过的，现在青年陆羽又一次结缘寺庙，每天和皎然交流禅经和茶道，他对茶的领悟也越来越精深。

皎然不仅帮助陆羽打通其在茶道上的任督二脉，还积极地为陆羽开拓人脉关系，帮助他在湖州立足。陆羽与颜真卿、孟郊等人成为好哥们儿，都是皎然法师积极引荐的结果。他们经常在一起开派对，为陆羽讲解诗歌和佛法，陆羽则给他们讲解茶道精髓。诗歌、佛法、茶道三者融会贯通，茶道思想的精髓在陆羽的《茶经》中处处闪光。就这样，陆羽在湖州生活了将近三十年，他把湖州当成了自己的第二故乡。

有一次，湖州刺史李季卿听说用扬子江中心的南零水泡茶风味绝佳，于是就让下属摇着小船去扬子江取水。他将茶煮好，兴冲冲地邀请陆羽前来品尝。陆羽抿了一口，马上皱眉说："泡茶的水就是附近江中的水，绝非南零水。"李郡守的下属不得不承认是自己回来时不小心将南零水洒了半瓶，于是在岸边舀了半瓶江水与南零水混在了一起。李季卿让下属重新去取水，这次陆羽品尝之后高兴地说："这才是货真价实的江中心的南零水！"这下，李季卿对陆羽更为崇拜了。

大唐李氏集团董事长唐代宗也是一个好茶之人，他听闻陆羽的名声后，就让人把陆羽接进宫为他煮茶。陆羽取出自己采制的清明前茶，用泉水给皇帝煮了一杯，唐代宗品尝后如痴如醉，将陆羽封为"茶圣"。他希望陆羽一直留在宫里为他做茶，想要任命陆羽为太子的老师和太常寺主管祭祀的老大。陆羽谢绝了皇帝的美意，因为浸淫茶道的陆羽早已淡泊名利、看轻财富，更不想卷入世俗权力的纷争中。他必须时刻保持自己内心的清新高洁，让自己超脱于个人命运和荣辱之外，唯有如此，才能参悟茶道的至高境界。

其实，人生就是一杯茶。陆羽从一个弃婴逆袭为一代茶圣，便是他在苦难的磨炼之中读懂了人生，最后也赢得了人生。

苏轼，此心安处是吾乡

尽管人的一生会遭遇很多挫折，但真正让我们陷入末日般恐慌的可能只有一次重大挫折。当这种关乎生死的挫折出现时，我们除了要有足够的勇气来承受和对抗，更重要的是要善于从自己身上找出造成这种挫折的主观原因。自我解剖永远都是世界上最艰难、最痛苦的一件事，你很可能会因此否定你过去的一切。人生就是这样，有时只有把自己彻底推倒，才能寻找到重建自我的机会。

公元 1079 年，"乌台"诗案爆发，北宋文坛一哥苏轼因写诗玩文字游戏讽刺老板宋神宗的新法改革被打入死牢，命悬一线。尽管苏轼侥幸逃过诛灭九族的死罪，最后还是吃了一百三十天牢饭留下案底，被宋神宗贬到黄州做团练副使，这是他在职场上第一次遭遇降薪降职。所以"乌台"诗案成了苏轼一生的分水岭，从这时起，他的人生开始走下坡路，连续三次被降职，如同苏轼晚年在总结自己一生的《自题金山画像》中自嘲所云："心似已灰之木，身如不系之舟。问汝平生功业，黄州惠州儋州。"

拖家带口的苏轼带着满身伤痕和一颗破碎的心灵，终于风尘仆仆地出现在黄州的街头。他首先面临的一个残酷现实就是，一家人要在何处安身落脚，今后自己靠什么来养活他们？苏轼犯的是辱骂老板的重罪，戴罪来到黄州时虽然揣着一张赵氏集团人力资源部戳过公章的团练副使的任命书，但这个新职务完全就是一个虚职，不仅没有半分权力，也没有一分钱的工资。由于苏轼得罪了老板，黄州政府部门也不敢给他安排住宿。苏轼心想，以后总不能让全家人跟着自己睡马路乞讨为生吧？

北宋文坛一哥从没有为生计这点小事发过愁，他曾经是大宋上空最耀眼的那颗星，被无数人狂热地崇拜，现在这颗星已经陨落了。苏轼踟蹰在黄州荒凉、破旧而又肮脏的街头，命运形成的巨大落差将他心底的骄傲击得粉碎。此时他的心底没有悲愤和痛苦，有的只是对温饱、安全的渴望，这也是眼前最现实、最棘手的问题。天快黑的时候，苏轼来到一座名为"定慧院"的寺庙前，他给这里的住持和尚说了很多好话，请求寺庙暂时留宿自己和家人。还好，出家人本就有着一副菩萨心肠，更何况向寺庙求助的是苏轼这只落汤的凤凰呢？他们将寺庙的一间空房收拾出来租给了苏轼。

总算为一家人找到落脚的地方，暂时不用担心像流浪猫似的流落街头了，苏轼稍微松一口气。现在苏轼要考虑如何解决一家二十多人的吃饭问题。虽然他身上还有一些没有花完的工资和稿费，但如果不去找事情做很快就会坐吃山空。于是，苏轼第二天就去找了黄州徐大受。徐大受是苏轼的小迷弟，面对落魄不堪的偶像，他暗中伸出了援助之手，将黄州城外的一块荒地拿给苏轼一家耕种，让他们可以通过劳动养活自己。就这样，我们的大文豪放下了那支搞文学创作的笔，拿起了锄头和铁锹，享受起"日出而作，日落而息"，"凿井而饮，耕田而食"的小农生活。他垦种的这片荒地，因为是黄州城东的一块坡地，于是苏轼将这块地命名为"东坡"，还将"东坡"作为了自己的字号。这以后，当地老百姓都尊称他为"东坡先生"。

等到一家人的生活逐渐稳定下来，苏轼开始了痛苦的自我解剖。多少个不眠之夜，残月当空，寒星稀疏，夜色沉静，苏轼回想着"乌台"诗案前自己的辉煌履历，如梦方醒地意识到，原来是自己把这个世界想得过于美好单纯了。他以为凭借自己的正直、善良和书生意气，就可以随意指点江山、快意人生。殊不知，自古以来像他这般集才华和豪迈于一身的圣贤，反而因为粗心和疏忽遭受陷害。苏轼终于意识到，他不是一个合格的政治家，没有王安石这些人的谋略与城府。所以，他必须想好后半生如何生活，到底怎样的人生才是最有意义的。

通过对"乌台"诗案长时间的自我反思，苏轼的心境也悄然发生改变。他不再以政治理想作为人生的理想，也不再因为政治迫害的伤害感到哀伤。在权力和功名面前，他释怀了。"乌台"诗案让他看清了人心险恶、世态凉薄，甚至曾经一起吟诗作赋的好友也对他敬而远之、形同陌路。他要尽量远离朝堂是非，让自己平平安安地活下来，哪怕像现在这般躬耕东坡惬意田园，也是人生另一种美好的境界。

苏轼在黄州的时候，曾经给自己的好友佛印法师写过一封信，阐述他这段时间的心境："现在我的忍耐力变得非常好，天下任何事都不能让我的内心有丝毫波动了。所谓八风吹不动，端坐紫金莲。我说的八股风便是指在人生中遭遇的称赞、讥讽、诋毁、名誉、利益、衰老、痛苦和快乐。"佛印读了苏轼的信，给他回信时就写了"放屁"二字。苏轼气得马上坐船去找佛印理论，谁知佛印早就在码头上迎接他了。看到苏轼，佛印法师笑眯眯地问道："苏兄，不是八面来风都吹不动你吗？为何我一个屁就把你吹来了呢？"

这件事虽然是苏轼和好哥们儿之间的一个小小的玩笑，但能反映"乌台"诗案后，苏轼内心的确发生了重大的转变。只有一个人经历刻骨铭心的挫折和痛苦之后，才会像他这般放下荣辱，物我两忘。生活变得单纯简单，心情变得轻松愉快的苏轼，甚至在黄州专攻厨艺，研究起美食来。流传后世的东坡肉，就是苏轼在黄州时经他多次尝试后创造出来的。他还专门写了一首美食小爆文《猪肉颂》，详细介绍了东坡肉的烹制方法："净洗铛，少著水，柴头罨烟焰不起。待他自熟莫催他，火候足时他自美。黄州好猪肉，价贱如泥土。贵者不肯吃，贫者不解煮，早晨起来打两碗，饱得自家君莫管。"可以说，这是苏轼写得最土的一首诗，但我们仍然能从中体会到，经历大起大落之后，苏轼这种不惧清贫、知足常乐的心境。

除了东坡肉，苏轼在黄州还创造了东坡鱼、东坡蟹、东坡笋、东坡豆腐、东坡羹等"东坡菜"系列！试想一下，这位北宋文坛一哥来黄州之前，哪里有这么多时间和闲情逸致亲自下厨房钻研美食呢？

当一个苏轼在"乌台"诗案中成为过去，另一个苏轼开始觉醒时，苏轼饱受摧残的心灵也就慢慢痊愈了。不仅如此，他很快迎来一生中文学创作的巅峰时刻。公元1082年的一天，四十七岁的苏轼乘船经过三国时期的赤壁古战场时，船夫免费给苏轼做起专业向导："先生您看，那里就是三国时期火烧赤壁的地方。"顺着船夫手指的方向，苏轼看到，除了一片深红色的峻峭岩石之外，所谓的赤壁之战遗址什么都没有留下。这时的苏轼陷入遐思之中，曹操、孙权、周瑜、刘备和诸葛亮这些人去了哪里？深锁大乔、小乔的铜雀台去了哪里？填满江面的战船和百万雄师又去了哪里？一切恍惚都在眼前，一切却早已变为传说。历史的沧桑感让苏轼联想到自己曾经的荣耀，所有的功名利禄不都像大江东去大浪淘沙一样不可留吗？一时间，苏轼充满一种久违的深情和豪迈，他伫立船头，凝视着赤壁古战场遗址，仰天高歌起来："大江东去，浪淘尽，千古风流人物。故垒西边，人道是，三国周郎赤壁。乱石穿空，惊涛拍岸，卷起千堆雪。江山如画，一时多少豪杰。遥想公瑾当年，小乔初嫁了，雄姿英发。羽扇纶巾，谈笑间，樯橹灰飞烟灭。故国神游，多情应笑我，早生华发。人生如梦，一樽还酹江月。"

公元1082年，黄州的天空，准确地说应该是中国的天空，被这一声惊世骇俗的文化惊雷炸响！多年后，当后人一次次希望能从苏轼这首中国历史上伟大的词作《念奴娇·赤壁怀古》中找到共鸣时，彼时的苏轼早已荣辱看淡，沉醉在"人间如梦，一樽还酹江月"的忘我境界之中。

杨慎不做大哥的三十年

人在成功时，意气风发，前呼后拥，一呼百应，很容易成为别人心目中的大哥。但一旦遭遇失败，就会哀怨地唱出"我不做大哥好多年"。想成为人生赢家，无论成功还是失败，我们都要保持做大哥的雄心，哪怕输得再惨，至少也要做好自己的大哥。

公元 1524 年 7 月，大明朱氏集团总部因为继承董事长不久的嘉靖皇帝朱厚熜认爹的家务事引发了一场血案，史称"撼门事件"。

血案的导火索很简单，前任董事长正德皇帝朱厚照因为年轻时生活放荡，身体亏空受损严重导致不能生育，没有嫡传接班人的正德皇帝在死前接受 CEO 杨廷和的建议，选择了堂弟朱厚熜做接班人。但朱厚熜要想名正言顺地成为下任董事长，必须答应一个条件，遵从大明礼制过继给他的伯父，也就是正德皇帝的老爸明孝宗朱祐樘，改称亲爹为伯父。为了能坐上董事长的位置，人小鬼大城府深的朱厚熜不得不答应这个听起来有些屈辱却又赚大发的条件。

谁知朱厚熜做了皇帝，便以自己是一个孝子为借口，对认伯父做父亲的君子协议翻脸不认账，坚持要认自己的亲爹为父亲，还想给亲爹追加一个皇帝的谥号。为了对付杨廷和这帮护礼派，他笼络了一些想讨好他的高管组成议礼派。于是大明王朝的高管们就这样分成两大派别，为朱厚熜究竟认谁当爹的事吵了整整三年。眼见以董事长为首的议礼派逐渐占上风，护礼派的大哥杨廷和年迈体衰心力交瘁，心灰意冷的他不想再因为老板的家务事干着急了，于是辞了 CEO 回到成都老家退休养老了。

杨廷和虽然明哲保身跑路了，他的儿子杨慎却留在朱氏集团总部，接过了父亲的小红旗成为护礼派新的大哥，继续带着他的团队逼迫嘉靖皇帝认伯父为父亲。为了让老板早日就范，杨慎这小子竟然祭出最后的大招，他将护礼派的两百多位高管全部煽动起来，集体跪在左顺门以死相谏。杨慎挥舞着双拳，激情澎湃地为护礼派的众高管打气："国家养士一百五十年，仗节死义，就在今天了！"

据大明头条新闻记者发回来的报道，当天参加这次群体事件的护礼派高管，有二十三人是九卿，二十人是翰林，二十一人是给事中，三十人是御史。两百多人跪在宫门外鬼哭狼嚎，哭天抢地喊着太祖高皇帝、孝宗皇帝，希望历任董事长显灵，教育教育朱厚熜这个不守礼制的老板。

当时朱厚熜正在董事长办公室斋戒，听说左顺门发生群体事件，便派了两个贴身太监去劝说护礼派的高管离开。但这些家伙一点都不给朱厚熜面子，还放出狠话，朱厚熜什么时候兑现诺言，他们就什么时候散去。这下可把嘉靖皇帝惹怒了：我虽然才十八岁，但好歹也是你们的老板啊，况且我认谁做爹说到底也是老朱家的家事，碍着你们什么了？朱厚熜越想越觉得委屈和愤怒，于是就让保安部锦衣卫象征性地逮捕了八个翰林院的大学生。杨慎等人一看老板动真格了，更加群情激愤，便带头一边敲打宫门一边哭嚎。据头条新闻记者的描述，杨慎的哭声"声震阙庭"！眼见局面就要失控，嘉靖皇帝索性祭出狠招，将保安部的所有保安调到左顺门，对着护礼派的高管们一顿胖揍！然后将他们全部打入大牢。被逮捕的高管无一人逃过处罚。四品以上扣罚三年年终奖，四品以下停薪留职，五品以下就更惨了，必须接受杖刑。据集团总部内参消息，遭受杖刑的人有一百八十多个，其中十七个身子骨差的当场就被打死了。作为策划本次群体事件的主谋，杨慎被剥夺了一切职务，流放到云南做庶民，永远不允许再踏进总部和老家。

这场持续了三年的嘉靖皇帝认父争斗，最终以董事长一方的议礼派大获全胜而结束。下面，我们就来说说这位凭借绝对实力鼓动了两百多个大明高管死谏嘉靖帝，毁掉自己锦绣前程的大哥杨慎。即使你对他还不了解，你也一定听说过他后来在流放云南的路上写的一首词《临江仙·滚滚长江东逝水》，因为这首词是电视剧《三国演义》的片头曲！很多人都以为它是罗贯中写的，其实真正的作者是杨慎。

杨慎，与解缙、徐渭并称"大明三大才子"，但杨慎居三人之首。由此可见，杨慎的才华和影响力远远高于二人。

杨慎出生在成都，父亲杨廷和是正德皇帝和嘉靖皇帝的两朝CEO，位高权重，所以他也是一个根正苗红的官二代。杨慎从小被誉为神童，聪慧过人，勤奋好学。在他九岁时，一个很有学问的邻居见杨花在风中飘落，触景生情地说了一个上联让他对："杨花乱落，眼花错认雪花飞。"杨神童眼睛都没有眨一下便对出下联："竹影徐摇，心影误疑云影过。"邻居惊叹不已，认为杨慎将来的成就一定会超过他的宰相父亲。杨慎十三岁时写的诗歌就受到当时的CEO李东阳青睐，李东阳将他收作自己的学生。杨慎二十四岁时就高中状元了。当时杨廷和虽然已经做了CEO，但没有任何人非议杨慎的这个状元是靠拼爹得到的。

都说一个人实力越强悍，个性也会越强硬，这话简直就是为杨慎量身定做的。这位大明集团的红人是一个性情耿直的钢铁直男，在坚持原则方面比他老爸还要较真。但就是因为他太坚持原则了，为了维护所谓的礼制，与他老爸一起管闲事管到老板的家务事上了，而且在老板面前不做丝毫让步，这是不是够倔、够狠？可惜他生不逢时，遇到一个比他更狠、更会耍心眼的老板朱厚熜。所以在撼门事件中，不可一世的杨慎输了，输得一败涂地，而且老板根本没有给他任何翻身的机会。嘉靖皇帝在位四十多年，曾经六次大赦天下，唯独没有赦免杨慎的罪行，可见这位熜老板内心对杨慎的恨有多深！

正是这次和老板结下的这个一辈子都没有解开的梁子，彻底改变了杨慎的一生。即便他的人生输得如此彻底，他还是不愿意改变自己耿直的秉性。在被放逐云南的路途上，杨

214

慎一定在不断反思自己的得失。虽心有不甘，但他依然保持着做大哥的那份豪情，于是才有感而发，提前四百多年为电视剧《三国演义》创作好片头曲："滚滚长江东逝水，浪花淘尽英雄。是非成败转头空。青山依旧在，几度夕阳红。白发渔樵江渚上，惯看秋月春风。一壶浊酒喜相逢。古今多少事，都付笑谈中。"

杨慎在云南过了三十多年的流放生活，因为得不到赦免，他至死也没有回过家乡成都，更没有踏进大明的首都一步。他保持着自己一贯的骄傲与乐观精神，以一个戴罪之身关心民间疾苦。有一次，他发现昆明周围的土豪乡绅打着维修海口的旗号，勾结地方官，强占民田，祸害百姓，便创作了《海门行》《后海门行》等网红诗来抨击揭露这些豪绅的不法行为。他甚至还写信给云南巡抚赵炳然，澄清了事件的完整真相，请求他制止这种坑害老百姓的水利工程。有一次，云南的少数民族发生叛乱，杨慎出尽风头，率领自己的仆人和私人保镖一百多人跑去平乱，更牛的是，在大明官兵到来之前，他已经将叛军消灭了。

虽然已经没有机会再做朝堂上的大哥，但杨慎后来选择了用另一种方式向嘉靖皇帝和世人证实自己还是老大。云南的流放生活逐渐稳定后，杨慎专心致志地搞起学术研究。他的研究范围包括经学、哲学、金石学、书法绘画、音乐戏曲、史学、语言学等，反正你能够想得到的领域，他都可以拿去研究，堪称无所不知、无所不能的学术天才。他在云南三十多年里写了四百多种著作，两千三百多首诗歌，更令人竖大拇指的是，这些作品都有自己独立深刻的观点，有的能填补历史空白，有的能提供极具价值的历史资料。杨慎也因此被称为"明朝第一博学人"。

在杨慎的著述中，有一本名为《韬晦术》。在这本书里，杨慎结合自己一生成功和失败的经验，教世人如何在不同环境中韬光养晦，获取成功。杨慎通过隐晦、处晦、养晦、谋晦、诈晦、避晦、心晦、用晦八个方面来阐述自己的人生感受。比如在谋晦中，杨慎强调，出现突发情况时，需要耗时的养晦没有用武之地，只能用谋略来促成晦的存在。而谋晦的关键就是能忍，忍耐别人无法忍耐的，先谋晦而后养晦，才能成为最后的赢家。杨慎这位当年职场带头大哥输给了嘉靖皇帝，其实就是输掉一个"忍"字，所以痛定思痛的杨慎才会对韬晦术有如此痛的领悟。

不管怎样，杨慎这个大明第一才子从职场的带头大哥到学术界的带头大哥，能够一生都在做大哥，就是因为他永不屈服的精神激励着他。今天的我们在遭遇人生各种困难和失败时，应该向杨慎这种做大哥的精神学习，勇敢地做自己的大哥。只要相信自己是最好的那个人，收获的成果一定不会辜负我们。